SEBASTIAN HAFFNER

Der Teufelspakt

Die deutsch-russischen Beziehungen vom Ersten zum Zweiten Weltkrieg

MANESSE VERLAG
ZÜRICH

Die Geschichte der deutsch-russischen Beziehungen zwischen den beiden Weltkriegen ist aufregender als jeder Roman. Vergebens sucht man nach einem anderen Beispiel so tödlich-intimer gegenseitiger Verknäuelung und Verstrickung zweier Völker. In dem deutsch-russischen Roman ist fast jede erdenkliche Variation möglicher Beziehungen, einschließlich der extremsten, durchprobiert und durchgespielt worden. Um so unverständlicher, daß im allgemeinen Bewußtsein Westdeutschlands jede klare Vorstellung von diesem ungeheuerlichen Geschehen fehlt, an dem doch die Älteren selbst mitwirkend und mitleidend beteiligt waren und das auch für die Jungen immer noch schicksalbestimmend bleibt. Man hat allenfalls eine vage Vorstellung, daß es einmal ein altes Rußland gab, das ein etwas unheimlicher, etwas fremdartig-unberechenbarer, aber doch auch wieder großzügig-gutmütiger, manchmal rettender Nachbar war. Die meisten wissen nicht einmal, daß Deutschland die Verwandlung Rußlands durch die bolschewistische Revolution gewollt und unterstützt, ja daß es sie erst möglich gemacht hat, daß es Lenins Triumph zu seiner Zeit als seinen eigenen Triumph begrüßte. Mit diesem Bündnis Deutschlands mit der bolschewistischen Revolution – das für beide Seiten ein Teufelspakt war – fing alles an. Nur von ihm aus ist die gewaltige, verdrängte Geschichte deutsch-russischer Verstrickung aufzurollen.

1. Deutschland und die russische Revolution

Jeder weiß, daß die bolschewistische Oktoberrevolution das Werk Lenins war, und so ziemlich jeder weiß auch, daß Lenin ein halbes Jahr vorher, im April 1917, aus seinem Schweizer Exil durch Deutschland nach Rußland gereist war – mitten im Kriege zwischen Deutschland und Rußland.

Was schon nicht jeder weiß, ist, daß diese Reise auf deutsche Initiative erfolgte und daß es die höchsten deutschen Stellen waren – der Reichskanzler, die Oberste Heeresleitung, das Auswärtige Amt, verschiedene deutsche Botschafter –, die gemeinsam den Beschluß zustande gebracht hatten, Lenin nach Rußland zu «schicken». Wie es aber zu diesem erstaunlichen Beschluß hatte kommen können, das liegt immer noch halb im dunkeln.

Wie kamen die hochkonservativen Staatsmänner des kaiserlichen Deutschlands dazu, sich mit dem radikalsten Revolutionär ihrer Zeit einzulassen, ja geradezu zu verbünden? Wie hatten sie Lenin überhaupt «entdeckt»? Denn eine Entdeckung muß man es schon nennen.

Lenin war ja im März 1917 noch keineswegs die Weltfigur, die er ein halbes Jahr später wurde. Für die europäischen Regierungskreise war er eine obskure Existenz, eine Randerscheinung selbst unter den verfemten und verbannten Überlebenden der gescheiterten russischen Revolution von 1905. Schon einmal vor dieser Revolution, und dann endgültig seit ihrer Niederwerfung, hatte er im Exil gelebt, vor dem Kriege zuletzt im damals österreichischen Krakau, wo man ihn bei Kriegsausbruch als feindlichen Ausländer verhaftet hatte; auf Fürsprache des österreichischen Sozialdemokraten Viktor Adler – der dem Innenminister Freiherrn von Heinold gesagt hatte: «Dieser Mann ist ein schlimmerer Feind des Zaren als Eure Exzellenz» – hatte man Lenin freigelassen, unter der Bedingung, daß er unverzüglich außer Landes ging. Mit Mühe und Not war es ihm gelungen, in die Schweiz hereingelassen zu werden (man verlangte bei der Einreise, er solle 100 Franken Kaution hinterlegen, die er nicht hatte; ein Schweizer Sozialdemokrat hatte schließlich für ihn gebürgt). Und dort lebte er seither ein mehr als bescheidenes Emigrantenleben, von niemandem beachtet außer von der Fremdenpolizei. Seine Züricher Hofwohnung ging auf eine Wurstfabrik; des Geruchs wegen mußten die Lenins ständig bei geschlossenem Fenster leben. Seine Tage verbrachte er denn auch lieber in einer öffentlichen Bibliothek, wo man den kleinen, kahlköpfigen Russen als Stammgast kannte. Dort verschlang er die Zeitungen, schrieb Artikel für obskure sozialistische Blättchen und verfaßte Bücher und Broschüren, die seither weltberühmt geworden sind, die er aber damals vergebens durch Freunde in Rußland bei irgendwelchen außenseiterischen Verlegern anzubringen suchte.

Im Herbst 1916 stand ihm das Wasser am Halse; er schrieb an seinen Parteigenossen Schljapnikow, der sich in Petersburg in Freiheit befand und dort versuchte, Lenins Bücher unterzubringen: «Von mir persönlich muß ich sagen, daß ich etwas verdienen muß. Sonst krepiere ich glatt, wirklich! Die Teuerung ist höllisch, und ich weiß nicht, wovon ich leben soll.» Schljapnikow solle «mit Gewalt Geld» aus einigen Verlegern herauspressen. «Wenn das nicht zustande kommt, dann kann ich mich wahrhaftig nicht mehr über Wasser halten, das ist mein voller Ernst, glauben Sie's mir.»

Ein halbes Jahr darauf beschäftigten sich die höchsten Instanzen des Deutschen Reiches mit diesem halb verhungerten russischen Emigranten, und er verhandelte mit ihnen von gleich zu gleich. Ein weiteres halbes Jahr später sollte er der Weltgeschichte eine neue Wendung geben. Aber wie waren die Deutschen überhaupt auf ihn gekommen?

Lenins Name taucht in den deutschen Akten zum erstenmal am 30. November 1914 auf. Einige linksradikale Abgeordnete des russischen Parlaments, der Duma, waren verhaftet worden, und ein russischer Gewährsmann des deutschen Auswärtigen Amtes teilte dort erklärend mit, diese Abgeordneten seien Anhänger eines Herrn Lenin, der zur Zeit in der Schweiz lebe. Dieser Gewährsmann, ein gewisser Kesküla, ein junger Estländer deutscher Abstammung, der selber ein wenig in russischer linker Politik mitgemischt hatte, berichtete dann auf Anforderung Näheres über Lenin, und was er zu berichten hatte, klang interessant. Unter dem Vergrößerungsglas betrachtet, stellte sich dieser Exilrusse Lenin als eine in seiner seltsamen Welt nicht unwichtige Figur heraus.

Die Deutschen erfuhren, daß er seit etwas über zehn Jahren eine extreme Gruppe russischer Sozialdemokraten führte, die sogenannten Bolschewiki, und daß er sie mit eisernem Griff zusammenhielt und auf eine künftige Revolution trainiert hatte; daß er mit den russischen Sozialdemokraten milderer Observanz, den Menschewiki, in unversöhnlicher Dauerfehde lag; vor allem aber – und nun wurde es interessant –, daß er von Anfang an die patriotische Einheitsfront, in die die Menschewiki und auch einige seiner eigenen Anhänger bei Kriegsausbruch eingeschwenkt waren, ganz hart und kompromißlos abgelehnt hatte und absolut für «die Niederlage des Zarismus im gegenwärtigen Krieg» war.

Kesküla übersetzte Lenins Artikel, und man las sie in den deutschen Ministerien kopfschüttelnd, aber gefesselt. Der Mann hatte ja ungeheuerliche Ideen, und er vertrat sie mit einer gewissen wilden Logik und haarsträubenden Sachlichkeit: Es komme darauf an, die Völker überall gegen ihre Regierungen zu stellen, sie dahin zu bringen, daß sie die Gewehre umdrehten, man müsse den Weltkrieg in einen Weltbürgerkrieg verwandeln.

Und dieser Mann hatte also tatsächlich Einfluß in Rußland? Es gab wirklich eine Partei, die ihm mehr oder weniger folgte? Interessant; man mußte sich das merken, der Mann konnte nützlich werden. Lenin war entdeckt.

Schon bald nach Kriegsbeginn hatte die deutsche Reichsleitung den Beschluß gefaßt, Rußland zu «revolutionieren». Man dachte dabei vor allem an die

Fremdvölker des russischen Reiches – Polen, Finnen, Balten –, die man aufwiegeln wollte, um sie aus der russischen Machtsphäre in die deutsche herüberzuziehen; aber man erinnerte sich auch daran, daß Rußland selbst ja vor weniger als zehn Jahren eine Revolution erlebt hatte, daß das Zarenreich ein Jahr lang bis in seine Grundfesten erschüttert gewesen war. Davon mußte doch noch etwas übriggeblieben sein ... Man stocherte sozusagen nach Funken in der Asche. Was man dabei schließlich wirklich fand, waren Lenin und seine Bolschewiki.

Im September 1915 stand es im deutschen Auswärtigen Amt fest: Wenn man Rußland «revolutionieren», das Zarenreich von innen aus den Angeln heben wollte, dann waren die Bolschewiki der Hebel, den man ansetzen mußte. Alle anderen Exrevolutionäre waren jetzt, genau wie die deutschen Sozialdemokraten, Kriegspatrioten geworden; einige wollten wohl immer noch den Zaren stürzen, aber dann mit dem Argument, daß er den Krieg schlecht führe. Damit war natürlich für Deutschland nichts anzufangen. Die Bolschewiki allein waren absolut gegen den Krieg, bereit, auch im Kriege Revolution zu machen, ja – wie hatte doch dieser Lenin geschrieben? – den Krieg in den Bürgerkrieg zu verwandeln. Sie allein waren also als Verbündete zu gebrauchen; falls sie wirklich etwas ausrichten konnten, was zweifelhaft schien.

So weit, so gut. Wenn man vorhatte, das Zarenreich zu revolutionieren, dann allerdings brauchte man dazu wohl das Bündnis mit der extremsten Fraktion der russischen Revolutionäre, mit den Bolschewiki. Aber was noch der Erklärung bedarf, ist dieser Vorsatz selbst. Er ergab sich ja keineswegs logisch und selbstverständlich aus dem bloßen Kriegszustand zwischen Deutschland und Rußland. Er war 1914 noch etwas Unerhörtes.

Wie unerhört, das wird einem sofort klar, wenn man sich vorstellt, daß etwa das zaristische Rußland mit Deutschland dasselbe Spiel gespielt hätte wie Deutschland mit ihm – daß es also nach 1914 ein Bündnis mit der deutschen Revolution gesucht hätte. Es gab ja auch in Deutschland eine radikale, revolutionär-defätistische Linke, Deutschland hatte seinen Liebknecht wie Rußland seinen Lenin. Aber ein Bündnis des Zaren mit dem Spartakusbund hat es nie gegeben, nicht einmal den Versuch dazu; nicht einmal den Gedanken daran; es wäre ja auch eine groteske Vorstellung gewesen. Aber war das Bündnis des Kaisers mit den Bolschewiki denn weniger grotesk?

Es handelte sich ja bei diesem Bündnis nicht etwa darum, daß Deutschland bestehende ideologische Gegensätze als Kriegsmittel einsetzte, daß es sein eigenes System auf den Spitzen seiner Bajonette exportierte, wie das allenfalls auch früher gelegentlich vorgekommen war – in den Religionskriegen etwa oder in den Feldzügen der französischen Revolutionsheere. Das Kaiserreich setzte vielmehr gegen das Zarenreich als Verbündeten eine Macht ein, die auch sein eigener tödlicher Feind war, ja gegen die es eigentlich mit dem Zarenreich selbst im Kriegszustand immer noch eine Art Interessengemeinschaft, eine übergreifende ideologische Gemeinsamkeit hatte.

Heute sind wir an Revolutionierung als Kriegsmittel gewöhnt; ja, es gibt eine Theorie, nach der heute die ferngesteuerte Revolution den Krieg als Methode der Austragung internationaler Konflikte geradezu ersetzt habe. Aber der Krieg von 1914 spielte sich noch in einer homogenen europäischen Staatengesellschaft ab, die von solchen Gedanken sehr weit entfernt war. Die europäischen Mächte von damals bildeten immer noch einen jahrhundertealten, sehr vornehmen, sehr exklusiven Klub, dessen Mitglieder, auch wenn sie miteinander Krieg führten, immer noch eine gewisse Solidarität zu bewahren pflegten. Krieg gehörte sozusagen zu den Klubregeln, man machte von Zeit zu Zeit Krieg, um die Kräfte zu messen, und je nach dem Ausgang machte man dann wieder Frieden miteinander: So war es seit Jahrhunderten europäische Konvention. Auf den Gedanken, einen dieser Kriegs- und Friedenspartner gänzlich auszuschalten, war bisher niemand gekommen.

Und gerade die drei Kaiserhöfe von St. Petersburg, Wien und Berlin hatten ja immer noch besonders vieles gemein, sogar gegenüber den westlichen Demokratien – um wieviel mehr gegenüber den unmöglichen, unheimlichen Bolschewiki! Zum Beispiel gab es immer noch enge monarchische Familienbeziehungen, und es hätte nahegelegen, sie bei passender Gelegenheit für Sonderfriedensbemühungen auszunutzen, wie es etwa der deutsche Kronprinz in seiner naiven Art gelegentlich vorschlug. In einem Brief an den Großherzog von Hessen, den Schwager des Zaren, schrieb er im Februar 1915:

«Ich bin der Ansicht, daß es unbedingt nötig ist, mit Rußland zu einem Sonderfrieden zu kommen. Erstens ist es zu dumm, daß wir uns gegenseitig zerfleischen, bloß damit England im trüben fischt, und dann müssen wir unsere gesamte Truppenmacht hier zurückkriegen, um mit den Franzosen aufzuräumen ... Könntest Du nicht mit Niki in Verbindung treten und ihm raten, mit uns sich gütlich zu einigen, das Friedensbedürfnis in Rußland soll ja groß sein, nur müßte er das Mistvieh, den Nikolai Nikolajewitsch[1], rausschmeißen ...»

Naiv, gewiß, aber naheliegend – näherliegend, als sich mit den künftigen Mördern «Nikis» zu verbünden. Es hatte sich ja spätestens am Ende des ersten Kriegsjahres herausgestellt, daß eine rein militärische Kriegsentscheidung im Osten so wenig wie im Westen möglich war. Die deutschen Armeen hatten sich den russischen klar überlegen erwiesen; aber doch nicht so überlegen, daß sie auch noch den russischen Raum besiegen konnten. Die Ostfront war seit Ende 1915 diesseits der polnischen und baltischen Grenzen Kernrußlands festgefroren – fast so festgefroren wie die Westfront; und Deutschland hatte ein offensichtliches Interesse daran, diese Ostfront loszuwerden.

Was Rußland betraf, so hatte es von Anfang an eigentlich keine Kriegsziele gegen Deutschland – gegen Österreich, ja, und gegen die Türkei erst recht; aber

1 Großfürst Nikolai Nikolajewitsch, Onkel des Zaren und im ersten Kriegsjahr russischer Oberbefehlshaber, galt als besonders deutschfeindlich.

von Deutschland wollte es im Grunde nichts. Wenn auch Deutschland von Rußland nichts wollte, wäre nach dem Kräftemessen von 1914/1915 ein Status-quo-Friede im Osten nicht unnatürlich, vielleicht auch nicht unerreichbar gewesen.

Einen Status-quo-Frieden aber wollte Deutschland eben nicht – im Osten so wenig wie im Westen. Wenn man verstehen will, wie es zu dem ungeheuren Abenteuer der Revolutionierung Rußlands und zu dem paradoxen Bündnis des deutschen Kaiserreichs mit den russischen Bolschewiki kommen konnte, dann muß man sich den Grundwiderspruch klarmachen, der den ganzen Ersten Weltkrieg hindurch die deutsche Situation bestimmte.

Militärisch war das Deutsche Reich nach dem Scheitern des ersten Frankreichfeldzuges die ganze Zeit in einer verzweifelten Defensive – eine belagerte, hungernde Festung, die nur immer wieder Ausfälle machen, aber den Belagerungsring nicht brechen konnte.

Politisch aber führte Deutschland, im Osten wie im Westen, einen hochehrgeizigen Angriffskrieg, dessen Grundziel der Reichskanzler von Bethmann Hollweg im September 1914 so formuliert hatte: «Sicherung des Deutschen Reiches nach West und Ost auf erdenkliche Zeit. Zu diesem Zweck muß Frankreich so geschwächt werden, daß es als Großmacht nicht neu erstehen kann, Rußland von der deutschen Grenze nach Möglichkeit abgedrängt und seine Herrschaft über die nichtrussischen Vasallenvölker gebrochen werden.»

Deutschland wollte sowohl Frankreich als auch Rußland als Großmächte ausschalten, aus dem Krieg als einzige verbleibende Großmacht auf dem europäischen Kontinent hervorgehen: Das war sein unerschütterliches Kriegsziel, seine fixe Idee; jedes andere Kriegsergebnis betrachtete es als Niederlage. Denn, wie der Unterstaatssekretär des Äußeren, Arthur Zimmermann, im November 1914 mit direktem Bezug auf Rußland erklärte: «Wenn wir mit unserem östlichen Nachbarn jetzt nicht gründlich abrechnen, so haben wir mit Sicherheit neue Schwierigkeiten und einen zweiten Krieg mit ihm vielleicht schon in wenigen Jahren zu gewärtigen.»

Wenn man so ehrgeizige Ziele hatte, diese ehrgeizigen Ziele aber mit militärischen Mitteln nicht durchsetzen, den Widerspruch zwischen der offensiven politischen Zielsetzung und der bedrängt-defensiven militärischen Lage nicht aufheben konnte, dann blieb als Ausweg freilich nur das politische Vabanque-Spiel. Wenn man insbesondere im Osten den Sonderfrieden zwar aus gesamtstrategischen Gründen dringend brauchte, weil man den Zweifrontenkrieg auf die Dauer nicht durchhalten konnte, ihn aber von dem existierenden russischen Zarenreich zu den erstrebten Bedingungen seiner Aufsplitterung und Entmachtung nicht haben konnte, dann mußte man sich mit einer russischen Revolution verbünden, der aus ganz anderen Gründen alles daran gelegen war, das Zarenreich zu vernichten, und die bereit war, dafür auch Aufsplitterung und Entmachtung wenigstens für den Augenblick in Kauf zu nehmen.

Dieser Gedankengang hat eine gewisse verzweifelte Logik, und er kommt in verschiedenen deutschen

Staatsdokumenten der Zeit klar zum Ausdruck; am klarsten in einer großen Denkschrift des damaligen kaiserlichen Gesandten in Kopenhagen, Graf von Brockdorff-Rantzau, der in dieser Geschichte noch mehrfach vorkommen wird: Er hat in den Beziehungen Deutschlands mit den Bolschewiki vor wie nach der russischen Revolution eine Schlüsselrolle gespielt.

Von Brockdorff-Rantzau schreibt da (im Dezember 1915): «Es wäre ein folgenschwerer Irrtum, jetzt noch traditionelle Beziehungen zu Rußland, das heißt zum Hause Romanow, ernstlich in die Waagschale legen zu wollen.» Es gehe um die Existenz Deutschlands schlechthin; gewiß, würde es Deutschland nicht gelingen, einen seiner Gegner aus dem Ring der Entente herauszusprengen, so würde der Krieg sich bis zur Erschöpfung Deutschlands hinziehen und mit seinem Untergang enden. «Der Sieg und als Preis der erste Platz in der Welt ist aber unser, wenn es gelingt, Rußland rechtzeitig zu revolutionieren und *dadurch* die Koalition zu sprengen ... Bevor das Zarenreich in seinem jetzigen Bestande nicht erschüttert ist, wird dieses Ziel nicht erreicht werden ... Der Einsatz ist gewiß hoch und der Erfolg nicht unbedingt sicher; ich verkenne auch keineswegs die Rückwirkungen, die der Schritt auf unser innerpolitisches Leben nach sich ziehen kann. Sind wir militärisch imstande, eine endgültige Entscheidung zu unseren Gunsten herbeizuführen, so wäre eine solche allerdings vorzuziehen, andernfalls bleibt nach meiner Überzeugung nur der Versuch dieser Lösung.»

Und da ein militärischer Endsieg eben nicht möglich

war – um dieselbe Zeit berichtete der Generalstabschef von Falkenhayn dem Kaiser genau dies –, so setzte diese Lösung sich durch.

Das Ziel also war: Ein Ring von Rußland abgesprengter deutscher Satellitenstaaten von Finnland über das Baltikum, Polen und die Ukraine bis zum Kaukasus und eine Revolutionsregierung in Rußland, die bereit war, zu diesen Bedingungen mit Deutschland einen Sonderfrieden abzuschließen. Wenn man eine solche Revolutionsregierung an die Macht bringen konnte – dann zum Teufel mit den traditionellen europäischen Klubregeln, der alten Familienfreundschaft mit dem Hause Romanow, den ideologischen Rücksichten und Gemeinsamkeiten mit dem Zarenreich! Zum Teufel auch mit möglichen «Rückwirkungen auf die deutschen innerpolitischen Verhältnisse»! Mit denen würde man schon fertigwerden, wenn man erst einmal den Sieg in der Tasche hatte. Man wußte, daß man einen Teufelspakt abschloß, wenn man in Rußland die Revolution installierte. Dazu war man bereit; über die inneren Hemmungen dagegen war man hinweg. Die Schwierigkeit war eine ganz andere: Sie lag darin, den russischen Partner für eine solche Politik zu gewinnen. Denn für die russischen Revolutionäre war ja der Pakt mit dem deutschen Kaiserreich ebenfalls ein Teufelspakt, und zwar gleich aus zwei Gründen: erstens weil dieses deutsche Kaiserreich der Landesfeind war; zweitens aber, weil es ideologisch für sie eine kaum weniger feindliche Macht war als das Zarenreich selbst.

Tatsächlich war die Bereitschaft der deutschen Reichsleitung zum Bündnis mit den russischen Bolschewiki viel früher da als die Bereitschaft der russischen Bolschewiki zum Bündnis mit dem Deutschen Reich, und die Deutschen waren in dieser ganzen Affäre ständig der aktive, werbende Teil – lange Zeit der vergebens werbende. Daß die Werbung schließlich doch angenommen wurde, war der einsame Entschluß Lenins – ein nie veröffentlichter, bis heute nicht zugegebener Entschluß, in den er nicht einmal seine Partei einweihte. Es bedurfte außerordentlicher Umstände, ihn zustande zu bringen, und es erforderte von Lenin äußerste Selbstverleugnung. Auch ist leicht zu verstehen, warum die Bolschewiki diesen Teufelspakt nie haben zugeben wollen: Lenin wurde ja fast vom Augenblick seiner Ankunft in Rußland als deutscher Agent verschrien, und es ist natürlich schwer, einem Massenpublikum selbst nachträglich den subtilen, aber entscheidenden Unterschied zwischen einer Unterwerfung unter den Teufel und einer Wette mit dem Teufel klarzumachen.

Ein deutscher Agent war Lenin nie. Aber auf ein Zweckbündnis mit dem Deutschen Reich war er bei seiner Ankunft in Rußland zweifellos eingegangen; ein Zweckbündnis, bei dem die Endziele beider Partner himmelweit auseinanderlagen – Lenin wollte die Weltrevolution, einschließlich der Revolution gegen das deutsche Kaiserreich, seine deutschen Partner wollten den Sieg und die europäische Vorherrschaft dieses deutschen Kaiserreichs –, die unmittelbaren Nahziele aber zusammenfielen: Beide Seiten wollten eine Revolutionsregierung in Rußland und ein Friedensangebot dieser Regierung; und jeder hoffte, sich des anderen für seine Zwecke zu bedienen. Wenn Lenin zu diesem unnatürlichen Bündnis nicht schließlich im März 1917 bereit gewesen wäre, hätte die Oktoberrevolution nie stattfinden können, ja er wäre nicht einmal vor Kriegsende nach Rußland gekommen.

Dieses immer wie ein Schandfleck verheimlichte Einverständnis Lenins mit der deutschen Reichsleitung von 1917 ist in Wahrheit, gerade vom Standpunkt der Bolschewiki aus gesehen, seine höchste Ruhmestat; es zeigt im schärfsten Licht seinen vor nichts zurückschreckenden Realismus, seine geradezu demütige Unterwerfung unter das objektiv Notwendige und seine alles wagende Kühnheit. Aber um die ganze Ungeheuerlichkeit dieses Entschlusses von 1917 zu verstehen, muß man sich auch klarmachen, was Lenin bis 1917 von ihm zurückhielt.

Das tut man am besten, indem man Lenins Einstellung mit der eines anderen russischen Sozialisten vergleicht, der damals eine ziemlich phantastische Rolle spielte: Dr. Alexander Helphand, der unter dem Namen ‹Parvus› schrieb. Helphand war von Hause aus ebenfalls ein ernsthafter Revolutionär, vor dem Kriege eine Weile der engste Kampfgefährte Trotzkis, mit ihm zusammen Urheber des Gedankens der «permanenten Revolution», allerdings auch ein Abenteurer und Genußmensch mit einem hochstaplerischen Zug – in den Balkankriegen hatte er sich, des schlechten Lebens müde, mit Waffenschiebungen ein Millionenvermögen ergaunert. Charakterlich wirkt er im Vergleich mit dem asketisch-integren Lenin wie eine schillernde Sumpfblüte. Trotzdem ist die intellektuelle und politische Leistung auch dieses «Freibeuters der Revolution» durchaus bemerkenswert.

Helphand wollte genau wie Lenin die Weltrevolution, sein Ziel war genauso ein sozialistisches Europa. Aber im Gegensatz zu Lenin hatte er von Anfang an keine Zweifel und Skrupel, daß der richtige Weg zu diesem Ziel das bedingungslose Bündnis mit dem kaiserlichen Deutschland sei. Dieses kaiserliche Deutschland nämlich würde – so Helphands Gedankengang – auf ganz natürliche Weise, ganz ohne Revolution, allmählich sozialistisch werden, ja es war schon auf dem Wege dazu. Die SPD würde die deutsche Kriegführung allmählich übernehmen, und der deutsche Sieg würde schließlich *ihr* Sieg sein. Das Zarenreich aber, das seine Sozialisten nicht in den Reichstag, sondern nach Sibirien schickte, brauchte die Revolution – und die Revolution konnte nur aus der Niederlage entstehen. Für Helphand gab es also keinen Zweifel: Deutschland mußte den Krieg gewinnen, und Rußland mußte ihn verlieren, dann würden beide sozialistisch werden.

Dieser Gedankengang paßte zu dem der deutschen Reichsleitung wie der Schlüssel zum Schloß, auch wenn Helphands Hintergedanken andere waren, und tatsächlich wurde er bald der wichtigste Vertrauensmann der deutschen Regierung in ihrer russischen Revolutionierungspolitik; über ihn floß jahrelang der Hauptteil der Gelder, die Deutschland zu Subversionszwecken nach Rußland hineinpumpte. Nur: Helphand war ein General ohne Armee, er hatte keine eigene Partei in Rußland, und ob seine Untergrundarbeit viel ausgerichtet hat, wird immer zweifelhaft bleiben. Als er Lenin im Mai 1915 für seine Sache gewinnen wollte (eine phantastische Szene: Der fette, brillantenfunkelnde Helphand aus dem Hotel ‹Baur au Lac› taucht plötzlich in einem ärmlichen Züricher Emigrantenlokal auf und fragt sich zu dem Holztisch durch, wo ein schäbiger Lenin mit seiner Frau und seiner Freundin ein frugales Mittagessen einnimmt), da warf Lenin ihn einfach hinaus: Helphand sei ein deutscher Agent, mit dem er nichts zu tun haben wolle.

Tatsächlich war nicht einmal Helphand einfach ein deutscher Agent. Wie sein Biograph Winfried B. Scharlau richtig sagt. «Er arbeitete nicht *für,* sondern *mit* der kaiserlichen Regierung.» Aber Lenin war 1915 noch nicht einmal bereit, *mit* der kaiserlichen Regierung zu arbeiten; er verabscheute sie nicht weniger als die zaristische.

Für Lenin war der Krieg kein Krieg zwischen Völkern, sondern zwischen imperialistischen Volksunterdrükkern – Räubern und Dieben, unter denen es nichts zu wählen gab. Die Teilungslinie der Welt war in seinen Augen keine Vertikale, sondern eine Horizontale; nicht hier Deutschland und Österreich, dort Rußland, Frankreich, England, sondern auf der einen Seite überall imperialistische Regierungen, die einen ganz uninteressanten Streit um Beuteanteile austrugen, und auf der anderen Seite unterdrückte und ausgebeutete Volks- und Völkermassen, die in diesem Streit ihrer Herren, der sie nichts anging, verbluten mußten.

Für die «Sozialpatrioten» und «Sozialchauvinisten», die sich mit den ausbeuterischen, völkermordenden Imperialistenregierungen solidarisierten – ganz gleich, ob sie es, wie die deutschen Sozialdemokraten und die russischen Menschewiki, mit ihrer eigenen Regierung taten oder, wie Helphand, mit einer feindlichen –, hatte Lenin nur tiefe Verachtung; aber auch mit den pazifistischen Linksoppositionellen, die überall für den schnellstmöglichen Frieden agitierten, hatte er nichts gemein: Ein Frieden unter den Imperialisten interessierte ihn nicht. Im Gegenteil! Je länger, blutiger und unerträglicher der Krieg wurde, um so mehr mußte er unter den Millionen, die ihn auszubaden hatten, überall den Gedanken heranreifen lassen, daß ihr wahrer Feind ihre eigene Regierung war, um so mehr mußte ihnen klarwerden, daß sie die Gewehre umdrehen mußten, wenn sie Frieden haben wollten. Das war es, was Lenin wollte, darauf wartete er. Die Verwandlung des äußeren Krieges in einen Bürgerkrieg, der Weltkrieg als Geburtshelfer der Weltrevolution – das war Lenins Vision. Alles andere interessierte ihn nicht.

Wenn aber nun die Weltrevolution und der Weltbürgerkrieg nicht überall gleichzeitig ausbrachen, wenn – was ja immerhin vorstellbar war – zum Beispiel die russische Revolution schon stattfand und Erfolg hatte, während Rußlands Feinde noch weiterkämpften, weil ihre Proletariersoldaten noch nicht aufgewacht waren?

Darauf antwortete Lenin in seinen ‹*Elf Thesen*› von 1915: «Wir würden *allen* Kriegführenden den Frieden anbieten unter der Bedingung der Befreiung der Kolonien und aller abhängigen, unterdrückten und entrechteten Nationen.» Und wenn sie ablehnten? «Dann müßten wir den revolutionären Krieg vorbereiten und

führen . . . alle von den Großrussen jetzt unterdrückten Völker freigeben, alle Kolonien und abhängigen Länder Asiens (Indien, China, Persien usw.) aufrütteln und vor allem das sozialistische Proletariat Europas . . . zum Aufstand anstacheln.»
Die Deutschen lasen das und fanden es nicht übel. Das sozialistische Proletariat Europas zum Aufstand anstacheln – nun ja, in Frankreich oder Italien mochte auch das ganz nützlich sein; in Deutschland mußte man es allerdings zu verhindern wissen. Aber der Rest – das war ja vorzüglich! «Die von den Großrussen unterdrückten Völker freigeben» – genau das wollte man ja von einer russischen Revolutionsregierung, natürlich um sie dann aus der russischen in die deutsche Abhängigkeit zu bringen; aber dafür würde man schon selber sorgen. Und die Kolonien aufrütteln – prächtig! So war England zu treffen.
Lenin mochte das kaiserliche Deutschland hassen, soviel er wollte – objektiv war er in den Augen des kaiserlichen Deutschlands der ideale Regierungschef in Petrograd (wie St. Petersburg seit 1914 hieß), ein unbewußter, aber unbezahlbarer Bundesgenosse. Er mochte im Gegensatz zu dem guten Helphand den Sieg Deutschlands keineswegs wünschen, aber darauf kam es gar nicht an; ebenfalls im Gegensatz zu diesem Helphand hatte er dafür eine wirkliche Partei in Rußland und hatte gezeigt, schon vor dem Krieg, daß er sie führen und an der Kandare halten konnte. Man mußte ihm und seiner Partei helfen, soviel man konnte. Wenn er sich doch nur helfen lassen wollte! Daß der Mann im übrigen natürlich ein Narr und ein Utopist war und

am Ende scheitern würde wie alle solche Schwarmgeister, verstand sich ja von selbst. Aber um so besser! Je mehr Chaos und Durcheinander er bei seinem schließlichen unvermeidlichen Untergang in Rußland hinterließ, um so länger würde es dauern, bis Rußland dem Deutschen Reich je wieder gefährlich werden konnte. Genug, daß er inzwischen einen Augenblick in Rußland an die Macht gekommen war – gerade lange genug, um mit Deutschland einen Frieden zu machen, wie es ihn wünschte. Denn natürlich würde man seinen Friedensvorschlag annehmen – Kolonien zum Freigeben hatte man ja ohnedies nicht mehr.

1915 hatte sich Lenin dem deutschen Liebeswerben entzogen. Aber 1917, nach dem Sturz des Zaren und dem ersten Erfolg der russischen Märzrevolution, waren die Deutschen wieder da – ihre Abgesandten und Mittelsmänner gaben sich in Lenins ärmlichem Züricher Emigrantenquartier geradezu die Klinke in die Hand. Und diesmal ließ sich Lenin nach einigem Verhandeln auf ihre Angebote ein. Am 9. April reiste er mit großem Gefolge durch Deutschland nach Schweden – und dann weiter über Finnland nach Rußland.

Daß Lenin das deutsche Hilfsangebot diesmal endlich angenommen hatte, war für die Deutschen ein Triumph wie eine gewonnene Vernichtungsschlacht. Alle nahmen das Verdienst dafür persönlich in Anspruch, alle wollten es gewesen sein – die Gesandten in Kopenhagen, Stockholm und Bern, das Auswärtige Amt, die Oberste Heeresleitung, der Reichskanzler selbst. Und alle waren es tatsächlich gewesen, alle hatten sich konkurrierend um Lenin gerissen! Es war eben die innere

Logik der deutschen Politik, die das Bündnis mit Lenin gebieterisch verlangte und alle Organe der Reichsleitung spontan am gleichen Strang ziehen ließ. Graf von Brockdorff-Rantzau erwartete von der «Mission» Lenins den «Sieg in letzter Stunde». Und der Leiter der deutschen Abwehrstelle in Stockholm drahtete am 17. April, einen Tag nach Lenins Ankunft in Petrograd: «Lenins Eintritt in Rußland geglückt. Er arbeitet völlig nach Wunsch.»

Für das ganze offizielle Deutschland war Lenin die deutsche Geheim- und Wunderwaffe, die politische Atombombe des Ersten Weltkriegs. Nur *eine* Stimme fehlt in diesem Chor – die der deutschen Sozialdemokratie. Sie allein war uninteressiert, sie allein sah der ganzen Transaktion mit verständnislosem Kopfschütteln und Achselzucken zu. Der unermüdliche Helphand hatte arrangiert, daß die Führer der SPD, Ebert, Scheidemann und Bauer, gleichzeitig mit Lenin in Stockholm sein sollten; er dachte dabei schon an den zweiten Teil seines Revolutionsplans, an das Einverständnis der künftigen sozialistischen Regierungen Deutschlands und Rußlands. Aber die deutschen Sozialdemokraten wußten gar nicht, was sie eigentlich mit Lenin reden sollten – sie hatten ihn noch aus Vorkriegszeiten als ewig zankenden, rechthaberischen Spalter der russischen Bruderpartei in unangenehmer Erinnerung –, und als seine Ankunft sich ein paar Tage verzögerte, reisten sie achselzuckend, geradezu erleichtert, aus Stockholm ab. «Wir müssen nach Berlin zurück.» Helphand solle Lenin schöne Grüße bestellen . . .

Man muß das festhalten: Der Verbündete Lenins und der Geburtshelfer der Oktoberrevolution war die deutsche Rechte, das Kaiserreich, der gesellschaftliche und politische Ahnherr der heutigen Bundesrepublik. Die deutsche Linke, die damals noch sozialistische und – wenigstens in Worten – revolutionäre Sozialdemokratie, die Führer der deutschen Arbeiterbewegung, die Ahnherren der heutigen DDR, hatten nichts damit zu tun.

Im Gegenteil! Als sich im Sommer und Herbst Lenins Revolution entfaltete, und als es immer klarer wurde, daß seine stärkste Trumpfkarte dabei die Parole «Frieden!» war, begann sich gerade die revolutionär-defätistische deutsche Linke zu entsetzen. Kurt Eisner zum Beispiel, der später, im November 1918, die Revolution in München machte und ein paar Monate danach als bayrischer Ministerpräsident ermordet wurde, schrieb vorwurfsvoll, daß Lenins Politik nur zum Triumph des kaiserlichen Militarismus führen könne. Eisners Lagebeurteilung deckte sich im Grunde mit der der deutschen Rechten – nur daß, was für diese ein Grund zum Triumphieren war, ihn in tiefste Niedergeschlagenheit versetzte.

Lenins Lagebeurteilung war anders. Er sah jetzt den Augenblick heranreifen, auf den er immer gewartet hatte: die Umkehrung der Gewehre, den Umschlag des Nationenkampfs in den internationalen Klassenkampf, des Weltkriegs in den Weltbürgerkrieg und die proletarische Weltrevolution. In Rußland hatte es angefangen, anderswo konnte es nicht mehr lange dauern. Und hatte er so unrecht? 1917 war nicht nur das Jahr der russischen Revolution, es war auch das Jahr der französischen Massenmeutereien, der ersten Unruhen in der deutschen Kriegsmarine ... Überall ächzten jetzt die Völker unter einem unerträglich gewordenen Dauerkrieg, einem unabsehbaren, mechanischen Gemetzel, aus dem keine Regierung mehr einen Ausweg zeigen konnte. Das war Lenins Stunde.

Noch wenige Monate vorher war er in der tiefsten Depression gewesen; zwei Jahre lang hatte er sich die Finger wundgeschrieben, um seine Idee in die Köpfe der russischen und europäischen Linken hineinzuhämmern, und nichts war geschehen; selbst auf den internationalen Zusammenkünften der linken Außenseiter unter den europäischen Sozialdemokraten, die 1915 und 1916 in zwei kleinen schweizerischen Sommerfrischen, Zimmerwald und Kienthal, stattgefunden hatten, war er in der Minderheit geblieben. Daß er in denselben Jahren an einer ganz unerwarteten Stelle, nämlich im deutschen Außenamt, tiefen Eindruck gemacht hatte, wußte er nicht. Er war von drückenden Existenzsorgen gequält, fühlte sich mehr und mehr von aller Wirksamkeit abgeschnitten («Der wundeste Punkt», schrieb er im Dezember 1916 nach Petersburg, «ist jetzt die schwache Verbindung zwischen uns und den führenden Arbeitern in Rußland! Keinerlei Korrespondenz!! So geht es nicht!»), und im Januar 1917 hatte er in einer Rede resignierend erklärt: «Wir von der älteren Generation werden die entscheidenden Kämpfe der kommenden Revolution vielleicht nicht mehr erleben.» Und nun plötzlich, unverhofft, aus heiterem Himmel, war in Rußland die Revolution ausgebrochen, war der Moment gekommen, zu handeln, zu führen, das entscheidende Wort zu sprechen, die entscheidende Tat zu tun.

Er wußte, er war der Mann, der das konnte, und er wußte, daß es kein anderer konnte. Aber er war in der Schweiz, «eingepfropft wie in einer Flasche». Wenn eine der imperialistischen Regierungen dumm genug war, ihm von dort herauszuhelfen und ihm die Gelegenheit zur Tat zu geben, wenn sie ihm selbst die Brandfackel in die Hand drückte, weil sie glaubte, sich an dem Weltbrand, den er mit dieser Fackel jetzt entzünden würde, ihr lächerliches Süppchen kochen zu können – konnte er zögern? Natürlich mußte er zugreifen! Was auch für die kaiserlich deutsche Regierung dabei schließlich herauskommen würde, das würde sie schon sehen.

Hier ist nicht der Ort, das ungeheure Drama des Jahres 1917 in Rußland zu erzählen, die nervenzerreißenden Krisen, die von der Märzrevolution zur Oktoberrevolution führten, die Inspirationen, die Verzweiflungen, die halsbrecherischen Entschlüsse, die wilden Kämpfe in der bolschewistischen Parteiführung selbst. Das alles ist eine andere Geschichte. Ihr Ausgang ist bekannt.

Hier geht es um den deutschen Anteil an dieser Geschichte. Und dieser Anteil ist nicht wegzudenken. Er war nicht entscheidend – entscheidend war die Persönlichkeit Lenins und allenfalls noch das demagogische Talent und taktische Geschick Trotzkis, der von Juni an Lenins rechte Hand war –, aber er war unentbehrlich. Ohne das deutsche Bündnis wäre die Oktoberrevolution unmöglich gewesen. Ohne Deutschlands

Hilfe wäre Lenin ein ohnmächtiger Verbannter geblieben, ein obskurer, tatenloser Zuschauer des Weltgeschehens. Ohne das deutsche Bündnis hätte es ihm auch an einer außenpolitischen Grundlage für sein Versprechen gefehlt, daß seine Revolution das bringen würde, was die Märzrevolution nicht gebracht hatte: Frieden. Auch an Geld hätte es übrigens seiner Agitation gefehlt – was fast nebensächlich klingt, aber schließlich auch unentbehrlich war. Daß die deutsche Regierung das ganze Jahr 1917 hindurch – und noch weit darüber hinaus – die Bolschewiki «auf verschiedenen Kanälen» finanzierte (wie übrigens die Entente-Mächte ihre Gegner), ist längst aktenkundig. Und auch das ist bekannt, daß sie keine andere Finanzquelle hatten.

Das alles zieht von Lenins Ruhm nichts ab. Die Oktoberrevolution war seine Tat; und auch mit aller deutscher Hilfe bleibt sie eine schwindelerregende Tat, die ihren Täter zu einer der ganz wenigen weltgeschichtlichen Figuren stempelt, die das scheinbar Unmögliche vollbrachten. Kein anderer hätte es gekonnt – auch mit aller deutschen Bündnishilfe; aber ohne die deutsche Bündnishilfe hätte es auch Lenin nicht gekonnt. Daß diese deutsche Hilfe alles andere als uneigennützig war, ändert nichts daran. Und daß die Erben des damaligen kaiserlichen Deutschlands sich heute am liebsten die Hand dafür abhacken würden, daß sie damals Lenin stützten, ändert nichts daran, daß diese Hand damals Lenin gestützt hat.

Auf mittelalterlichen Altarbildern, die Gottvater in seiner Herrlichkeit zeigen, umgeben von lobpreisenden Cherubim und den himmlischen Heerscharen, ist oft auch, irgendwo unten in der Ecke, der Teufel zu sehen – unbestimmt, ob in ohnmächtig dräuender oder widerwillig huldigender Funktion; genug, auch er gehört dazu, ohne ihn wäre die Schöpfung nicht vollständig, er hat seinen Anteil an der Gotteswelt. Wann immer die Sowjetunion ihren Schöpfungsakt feiert, den Sieg der Oktoberrevolution und den Triumph Lenins, hätte sie Grund genug, diese Gewohnheit der alten Kirche auf ihre Art nachzuahmen. Das Kaiserreich und seine Erben bis hin zur heutigen Bundesrepublik mögen für Lenins Erben der Teufel sein: Aber ohne diesen Teufel hätte es keine Oktoberrevolution gegeben und gäbe es heute keine Sowjetunion. Auch bei ihrer Schöpfung hatte der Teufel seine Hand im Spiel.

2. Brest-Litowsk

Brest-Litowsk, eine Zarenfestung am Bug und kein heiterer Ort selbst in Friedenszeiten, war im Kriege niedergebrannt. Nur die Zitadelle war stehengeblieben, ein düsterer Kasernen- und Baracken-Komplex in öder Landschaft, der seit 1916 dem deutschen Oberkommando Ost als Hauptquartier diente. An diesem unwirtlichen Platz, verloren in kahlen Schneewüsten, hinter Stacheldrahtzäunen, an denen Blechschilder jedem Russen, der sich ihnen näherte, mit Erschießung drohten, trafen sich im Winter 1917/18 die Vertreter Kaiser Wilhelms II. und Lenins, um Frieden zu machen.

Für beide war das ein logischer Schritt. Lenin hatte den kriegsmüden Russen Frieden versprochen – «Friede, Land und Brot» war die Parole seiner Revolution gewesen –, nun mußte er sein Versprechen halten. Die Deutschen hatten Lenins Revolution ermöglicht und unterstützt, weil sie Frieden im Osten brauchten, um im Westen mit konzentrierter Kraft den «Sieg in letzter Stunde» zu erringen; nun, da diese Revolution der Bolschewiki geglückt war, hatten sie, wie der Staatssekretär des Äußeren, von Kühlmann, schrieb, «alles Interesse daran, ihre vielleicht nur kurze Regierungszeit auszunutzen, um ... zu einem Frieden zu gelangen». Soweit deckten sich die Interessen beider Seiten: Beide wollten Frieden; beide brauchten Frieden.

Darüber hinaus aber wollten die beiden Verhandlungspartner noch etwas anderes, und darin gingen ihre Interessen weit auseinander. Die Deutschen wollten große Eroberungen im Osten auf Kosten Rußlands; die Bolschewiki wollten die deutsche Revolution.

Nur weil sie in den Bolschewiki eine schwache und überdies närrische russische Regierung sahen, die riesige Gebietsabtretungen schlucken mußte und der sie komischerweise auch gar nichts auszumachen schienen, hatten die Deutschen sich ja darauf eingelassen, ihre Revolution zu fördern; einen *annexionslosen* Sonderfrieden hätten sie vielleicht auch vom Zaren haben können. Und andererseits: Nur weil sie zuversichtlich damit rechneten, daß die russische Revolution, wie bisher noch alle europäischen Revolutionen, ansteckend wirken würde, daß sie die «Initialzündung» der deutschen und der Weltrevolution werden würde, hatten die Bolschewiki ihre Revolution überhaupt gewagt.

Für die Deutschen hatte die Friedenskonferenz von Brest-Litowsk daher nicht nur den Zweck, schnell Frieden zu machen (den allerdings auch: die Zeit für die entscheidende Westoffensive war knapp), sondern auch den, ein gewaltiges deutsches Ost-Imperium aus dem Fleisch des russischen Reichs herauszuschneiden: Wenn das nicht gelang, war die Konferenz in ihren Augen ein Mißerfolg. Und für die Russen hatte diese Konferenz ebenfalls nicht nur den Zweck, Frieden zu machen (den auch: sie brauchten Frieden), sondern auch den, Revolutionspropaganda zu machen, ja der deutschen Revolution ihre Parolen zu liefern.

Aus dieser Konstellation ergab sich das Drama von Brest-Litowsk. Es wurde ein Drama in drei Akten. Im ersten führten die ungleichen Partner so etwas wie einen grotesk-gravitätischen Tanz miteinander auf; im zweiten war aus dem Tanz ein Ringkampf geworden; und im dritten begann der Ringkampf wie Mord auszusehen: Da hatte der Stärkere den Schwächeren am Halse gepackt und würgte und schüttelte ihn, bis ihm die Luft ausging.

Eine solche Konferenz, wie sie dort in der Einöde des russisch-polnischen Winters kurz vor Weihnachten 1917 begann, hatte es noch nie gegeben, und so grotesk ungleiche Partner, wie sie dort zusammenkamen, hatte noch nie eine Friedenskonferenz versammelt gesehen. Zu Anfang gab der nominelle Oberstkommandierende des deutschen Ostheeres, der alte Prinz Leopold von Bayern, als Gastgeber der Konferenz, wie das so üblich ist, ein Essen für alle Delegationen. Das muß eine gespenstische Abendtafel gewesen sein. Noch in ihren Jahre später geschriebenen Erinnerungen hört man den kaiserlichen Diplomaten die sonderbarste Mischung von Lachreiz und Grausen an, wenn sie davon berichten. Herr von Kühlmann zum Beispiel, der damalige deutsche Staatssekretär des Äußeren, erzählt:

«Die Moskowiter hatten, natürlich nur aus Propagandaabsicht, eine Frau zur Friedensdelegierten gemacht, die direkt aus Sibirien kam. Sie hatte einen bei der Linken unpopulären Generalgouverneur erschossen und war nach der milden zaristischen Praxis nicht hingerichtet, sondern zu lebenslänglicher Haft verurteilt worden. Diese etwa wie eine ältere Haushälterin aussehende Dame, Madame Bizenko, offenbar eine ziemlich geistlose Fanatikerin, erzählte dem Prinzen Leopold von Bayern beim Diner, bei dem sie links vom Prinzen saß, aufs ausführlichste, wie sie den Anschlag ausgeführt hatte. Sie zeigte, eine Menükarte in der linken Hand haltend, wie sie dem Generalgouverneur – ‹er war ein böser Mann›, fügte sie erläuternd hinzu – eine umfangreiche Denkschrift überreicht und ihn gleichzeitig mit einem in der rechten Hand gehaltenen Revolver in den Bauch geschossen hatte. Prinz Leopold in seiner gewohnten freundlichen Höflichkeit hörte mit gespannter Aufmerksamkeit zu, als interessiere ihn der Bericht der Mörderin aufs lebhafteste.»

Und hier plaudert Graf Czernin, der Führer der österreichischen Delegation: «Der Führer der russischen Delegation ist ein erst vor kurzem aus Sibirien entlassener Jude namens Joffe ... Nach dem Essen hatte ich meine erste lange Unterredung mit Herrn Joffe. Seine ganze Theorie basiert darauf, das Selbstbestimmungsrecht der Völker auf breitester Basis in der ganzen Welt einzuführen und diese befreiten Völker zu veranlassen, sich gegenseitig zu lieben ... Ich machte ihn aufmerksam, daß wir eine Nachahmung der russischen Verhältnisse nicht unternehmen würden und uns jede Einmengung in unsere internen Verhältnisse kategorisch verbitten. Wenn er weiter an diesem utopischen Standpunkt, seine Ideen auch auf uns zu verpflanzen, festhalte, dann sei es besser, er würde gleich mit dem nächsten Zug wieder abreisen, denn dann sei der Friede nicht zu machen. Herr Joffe blickte mich erstaunt mit seinen sanften Augen an, schwieg eine Weile und sagte dann in einem mir für immer unvergeßlichen freundlichen, fast möchte ich sagen, bittenden Ton: ‹Ich hoffe doch, daß es uns gelingen wird, auch bei Ihnen die Revolution zu entfesseln.› »

Übrigens war die Abneigung natürlich gegenseitig. Wenn Kühlmann und Czernin über ihre bolschewistischen Verhandlungspartner mit einer Art von kicherndem Ekel schreiben, so schreibt Trotzki – der nach der ersten Verhandlungsphase Joffe ablöste – seinerseits von ihnen selbst mit hochfahrender Verachtung: «Mit dieser Art Menschen kam ich hier zum erstenmal von Angesicht zu Angesicht zusammen. Es ist unnötig zu sagen, daß ich mir auch früher keine Illusionen über sie gemacht hatte. Aber immerhin, ich gebe zu, ich hatte mir das Niveau höher vorgestellt. Den Eindruck der ersten Begegnung könnte ich mit den Worten formulieren: Diese Menschen schätzen die anderen sehr billig ein, aber auch sich selbst nicht sehr teuer.»

Und neben den Intellektuellen gab es bei den Russen dann noch Symbolfiguren – einen Arbeiter, einen Soldaten und einen Bauern –, die die Bolschewiki absichtlich mitgebracht hatten, um zu schockieren und um zu demonstrieren, wie anders sie waren, und die natürlich von allem, was vorging, kein Wort verstanden und gar nicht wußten, wie ihnen geschah. Der alte Bauer insbesonders betrank sich bei jeder Mahlzeit ein wenig, wie Trotzki peinlich berührt zugibt. Bei den Deutschen wiederum saßen neben den Diplomaten die Militärs, aus gröberem Holz geschnitzt, ständig sozusagen nervös auf den Tisch trommelnd und ungeduldig wartend, dem ganzen Unfug ein Ende zu machen und mit diesen seltsamen Typen Fraktur zu reden. Sie sollten denn auch schließlich das letzte Wort behalten. Die Deutschen verhandelten in Brest-Litowsk aus einer Position der Stärke: Ihre Regierung war – noch – zu Hause fest im Sattel, und sie hatten intakte Armeen in Rußland stehen. Die Russen waren furchtbar schwach: Ihre Schützengräben waren fast leer, ihre Armeen in heller Auflösung; die Bauernsoldaten waren nach Hause gegangen, um die Landaufteilung nicht zu versäumen; und auch die bolschewistische Regierung in Rußland war noch schwach, in den Weiten des Landes mußte sie sich erst noch durchsetzen, und hier und da formierte sich schon die Gegenrevolution.

Andererseits brauchten die Deutschen ihre Ostarmeen ja jetzt dringend im Westen; und die Schwäche der bolschewistischen Regierung war in den Friedensverhandlungen zugleich ihre größte Stärke: Denn die Deutschen mußten fürchten, daß sie sich überhaupt nicht lange würde halten können und daß Grobheit und Gewalt ihren ohnehin früher oder später erwarteten Sturz fatal beschleunigen würden. Gerade *weil* diese unmögliche Regierung so schwach war, mußte man sie zunächst einmal wie ein rohes Ei behandeln; sonst könnte man plötzlich wieder ohne einen friedenswilligen russischen Verhandlungspartner dastehen.

So gingen die deutschen Unterhändler, zur schweren Enttäuschung der deutschen öffentlichen Meinung, zunächst scheinbar ganz ernstlich und höflich auf das russische Friedensprogramm ein, das in den beiden

Forderungen gipfelte: «Keine Annexionen und Entschädigungen» und «Selbstbestimmungsrecht für alle Völker». Kühlmann wollte, wie er in seinen Erinnerungen schreibt, «auf dem Selbstbestimmungsrecht fußend, den Punkt des annexionslosen Friedens unterhöhlen» und «was wir an territorialen Zugeständnissen durchaus brauchen, uns durch das Selbstbestimmungsrecht der Völker hereinholen».

In den besetzten Gebieten war es schließlich nicht schwer, das Selbstbestimmungsrecht durch eingesetzte «Landesräte» zu manipulieren; und aus der Ukraine, die noch nicht besetzt war, wo aber die bolschewistische Revolution sich im Dezember 1917 noch nicht durchgesetzt hatte, war von Anfang an eine Sonderdelegation da, die zunächst eine etwas unbestimmte Rolle spielte, zum Schluß aber für die Deutschen immer wichtiger wurde, obwohl sie immer weniger hinter sich hatte: Im Laufe des Januar und Februar setzten sich die Bolschewisten auch in der Ukraine durch, und Mitte Februar vertrat die ukrainische Delegation nach den Worten Trotzkis «als einziges Gebiet nur noch ihr Zimmer in Brest-Litowsk»: Aber gerade da schlossen Deutschland und seine Verbündeten einen Sonderfrieden mit ihr.

Indessen, bis es dahin kam, wurde wochenlang verhandelt; wobei es hauptsächlich darum ging, zu klären, was «Selbstbestimmung» bedeutet. Die Debatte schien akademisch. Es war bald klar, daß die Deutschen damit verschleierte Annexion meinten; und ebenso klar, daß die Russen sich darauf nicht einlassen wollten. Aber beide Seiten suchten einander in einem langen Ringkampf Punkte abzugewinnen, jeder mit seiner Methode.

Die deutschen und österreichischen Diplomaten führten ihre Künste vor, die Künste der hochgezüchteten Diplomatie alter Schule: Unangenehmes vorsichtig umschreiben, auf direkte Fragen indirekt antworten, höflich andeuten, versteckt drohen, «finassieren»: alles das völlig in die leere Luft hinein, denn ihre bolschewistischen Verhandlungspartner waren für diese Künste kein Publikum. Trotzki insbesondere war kein Diplomat, aber er war ein formidabler Redner und fulminanter Disputierer; er seinerseits legte es darauf an, die Deutschen mit flammender Rhetorik und scharfer Dialektik in die Enge zu treiben und ihnen «die Maske vom Gesicht zu reißen» – was ihm nur zu gut gelang.

Das Publikum, das Trotzki dabei im Auge hatte, war das deutsche und europäische Proletariat: Dem wollte er das Stichwort für die erhoffte Revolution liefern, und ganz erfolglos war er damit nicht. Im Januar breiteten sich, angesichts der stagnierenden Brest-Litowsker Verhandlungen und der immer länger hingehaltenen Friedenshoffnungen, erst in Österreich, dann auch in Deutschland große Streiks gegen die «Kriegsverlängerer» aus; sie waren zweifellos Vorboten der Novemberrevolution. Aber diesmal wurden sie noch beigelegt; die Revolution war noch nicht reif. Aber Trotzki hatte, ob er wollte oder nicht, noch ein anderes Publikum: die deutschen Militärs am Verhandlungstisch des Konferenzzimmers selbst, denen ohnehin die Langmut und das Diplomatenchinesisch der offiziellen deutschen und österreichischen Verhandlungsführer schon lange auf die Nerven ging. Warum redeten sie ständig um die Dinge herum, warum ließen sie sich von diesem Trotzki Unverschämtheiten gefallen? Waren die Machtverhältnisse nicht klar? Wer war hier der Sieger und wer der Besiegte? Schließlich wurde es ihnen zu dumm, und Mitte Januar vollführte General Hoffmann – unter dem alten Prinzen Leopold, dem nominellen Oberbefehlshaber, der wirkliche Chef des deutschen Ostheeres – den berühmten «Faustschlag von Brest-Litowsk»: Er präsentierte den Russen eine große Landkarte, auf der mit dicken Strichen eingezeichnet war, was sie alles abzutreten hatten: Polen, Finnland, Litauen, Kurland, Livland, die Ukraine. Sonst – Abbruch von Verhandlungen und Wiederaufnahme des Krieges. Trotzki reiste daraufhin ab: Das sei eine neue Lage, und er müsse mit seiner Regierung beraten.

Und nun verlagerte sich das Drama von Brest-Litowsk nach Petersburg, und die Burleske wurde zur Tragödie. Die Bolschewiki hatten ihre Revolution mit der Friedensparole gemacht – aber *diesen* Frieden hatten sie nicht gemeint. Um ihre Gefühle nachzuempfinden, braucht man sich nur zu erinnern, mit was für Gefühlen die Deutschen anderthalb Jahre später die Friedensbedingungen von Versailles aufnahmen. Auch die deutsche Novemberrevolution von 1918 war ja eine Friedensrevolution; aber derselbe Philipp Scheidemann, der am 9. November 1918 gerufen hatte: «Das Volk hat auf der ganzen Linie gesiegt», sagte dann im Juni 1919 bekanntlich, die Hand müsse verdorren, die diesen Friedensvertrag jemals unter-

zeichne. Dasselbe sagten jetzt sinngemäß die Sowjetführer – fast alle, bis auf einen.
Auch sie waren ja schließlich Russen und russische Patrioten. Frieden, ja, den hatten sie gewollt, einen allgemeinen Völkerfrieden ohne Annexionen und Entschädigungen. Aber Schande und Unterwerfung: So war es nicht gemeint gewesen. Hatten sie den Zaren verjagt, nur um ihn durch den deutschen Kaiser zu ersetzen? Das Exekutivkomitee der Sowjets, das Zentralkomitee der Partei, das Kabinett der Volkskommissare: alle verlangten jetzt mit großen Mehrheiten Ablehnung des deutschen Diktats, und wenn es sein mußte, Krieg, «revolutionären Krieg».
Der eine, der nicht so sprach, war Lenin. Lenin erwies in diesem Augenblick wieder dieselbe fast übermenschliche Demut vor Tatsachen und Notwendigkeiten, dieselbe Fähigkeit zur krötenschluckenden Selbstverleugnung, wie ein Jahr zuvor, als er um der Revolution willen das Bündnis mit dem deutschen Kaiserreich akzeptiert hatte, ohne nach Schande und Ehre zu fragen. Ebenso war er jetzt, ohne nach Schande und Ehre zu fragen, bereit, den Unterwerfungsfrieden zu schlucken – um der Revolution willen. Er hatte, früher als seine Mitstreiter, zur Kenntnis genommen, daß die Weltrevolution auf sich warten ließ, daß die russische Revolution zunächst einmal auf sich selbst gestellt blieb, und er war bereit, die Folgerungen daraus zu ziehen. «Die Weltrevolution», sagte er, «ist ein Embryo im zweiten Monat. Aber die russische Revolution ist geboren, sie ist ein lebendiges, gesundes Kind, das schreit und strampelt und Nahrung ver-

langt.» Einen erneuten Krieg vertrage sie nicht. Damit würde man sie umbringen; sie brauche jetzt eine Atempause – um jeden Preis.
Er blieb in der Minderheit, aber er gab nicht nach. Wenn der Beschluß zum Krieg gefaßt werde, werde er zurücktreten, erklärte er. Das war eine furchtbare Drohung: Lenin war unersetzlich, und jeder wußte es. Und doch setzte sich Lenin auch damit zunächst nicht durch. Die Mehrheit beharrte auf ihrem Standpunkt.
Es war Trotzki, der zunächst einen Ausweg fand. Er präsentierte die Parole: «Weder Krieg noch Frieden.» Er werde nach Brest-Litowsk zurückgehen und dort die Annahme der deutschen Bedingungen verweigern, aber zugleich erklären, daß Rußland sich aus dem Kriege zurückziehe. «Wir kämpfen nicht mehr gegen euch, macht mit uns, was ihr wollt.» Dann werde man ja sehen, was die Deutschen machten. Wahrscheinlich würden sie gar nichts machen – sie brauchten ja ihre Armeen im Westen. Wenn sie aber doch die Feindseligkeiten wiederaufnähmen, also brutal in ein Land einfielen, das ihnen soeben den Frieden erklärt hätte: Würde das sie nicht endgültig demaskieren, sie vor ihrem eigenen Volk unmöglich machen und damit den deutschen Arbeitern endlich das Signal zur Revolution geben? Trotzki neigte immer zu dem Glauben, ein moralischer Sieg sei auch ein realer, ein entlarvter Feind auch ein besiegter: eine hochherzige Intellektuellenschwäche, die ihn Jahre später im Kampf mit Stalin die Macht und schließlich das Leben kostete. Aus dem Tierreich wissen wir ja, daß die «Demutsgeste», mit der der Besiegte seine Kehle wehrlos dem Todesbiß

darbietet, den Sieger psychologisch entwaffnet. Unter Menschen ist das leider nicht immer so.
Nachdem Trotzki seinen Vorschlag im Zentralkomitee gemacht hatte, fand zwischen ihm und Lenin ein Gespräch unter vier Augen statt, das Trotzki später wörtlich, in direkter Rede, aufgezeichnet hat. Lenin sagte:
«Das wäre alles gut, wenn der General Hoffmann nicht in der Lage wäre, seine Truppen gegen uns in Marsch zu setzen. Er wird besonders ausgesuchte Regimenter aus bayerischen Bauernjungen finden. Braucht man denn viel gegen uns? Sie sagen doch selbst, daß unsere Schützengräben leer sind. Wenn also die Deutschen den Krieg wiederaufnehmen?»
Trotzki: «Dann allerdings werden wir gezwungen sein, den Frieden zu unterschreiben. Dann aber wird jeder sehen, daß wir gezwungen worden sind. Wenigstens wird die Legende von unserer heimlichen Verbindung mit den Hohenzollern damit getötet.»
Lenin: «Gewiß, gewiß. Aber das Risiko! Wenn wir uns für die deutsche Revolution aufopfern müßten, dann wäre das unsere Pflicht. Die deutsche Revolution ist unermeßlich wichtiger als die unsrige. Aber wann wird sie kommen? Unbekannt. *Bis* sie aber kommt, gibt es nichts Wichtigeres auf der Welt als *unsere* Revolution. Sie muß man sichern, um jeden Preis . . . Nun gut, nehmen wir an, wir haben uns geweigert, den Frieden zu unterschreiben, und die Deutschen gehen zum Angriff über. Was tun Sie dann?»
Trotzki: «Wir unterschreiben unter den Bajonetten. Das Bild wird sich der ganzen Welt einprägen.»

Lenin: «Und Sie werden dann also nicht die Parole des revolutionären Krieges unterstützen?»
Trotzki: «Unter keinen Umständen.»
Lenin: «Dann können wir das Experiment wagen. Wir riskieren, Lettland und Estland dabei zu verlieren.» (Listig lächelnd:) «Um eines guten Friedens mit Trotzki willen lohnt es sich, Lettland und Estland zu verlieren.»
Damit war eine Art Geheimabkommen zwischen Lenin und Trotzki geschlossen: Lenin hatte sich verpflichtet, Trotzkis Experiment zuzulassen; Trotzki hatte sich verpflichtet, wenn es scheiterte, zusammen mit Lenin die Annahme des Friedens gegen die Grundstimmung der Partei durchzusetzen.
Zugleich war in diesem Gespräch, beiden Gesprächspartnern vielleicht unbewußt, der allererste Schritt auf einem Wege geschehen, der später, unter Stalin, zum «Sozialismus in einem Lande» führen und das Verhältnis zwischen Deutschland und Rußland vollkommen auf den Kopf stellen sollte. Immer noch fand Lenin die deutsche Revolution «unermeßlich wichtiger» als die russische, war sogar bereit, sich für sie aufzuopfern – aber «bis sie kommt», sagte er jetzt zum erstenmal, «gibt es nichts Wichtigeres auf der Welt als *unsere* Revolution». Zum erstenmal hatte Lenin den Gedanken formuliert, daß es zur Not auch ohne deutsche Revolution gehen müßte – daß dann eben die russische Revolution die wichtigste Sache auf der Welt und damit Rußland das wichtigste Land der Welt werden würde: ein damals für die Bolschewisten noch ganz unerhörter Gedanke.

Wenige Tage später vollzog sich auf der deutschen Seite eine ähnliche erste Wendung zu einer ganz neuen Betrachtungsweise, der ebenfalls eine lange Zukunft beschieden war.

Zunächst hatte Trotzki in Brest-Litowsk seinen großen letzten Auftritt. «Wir ziehen uns aus dem Krieg zurück», erklärte er. «Wir verkünden das allen Völkern und Regierungen. Wir geben den Befehl zur vollen Demobilisierung unserer Armee ... Zugleich weigern wir uns, Bedingungen zu unterschreiben, die der deutsche und österreichisch-ungarische Imperialismus mit dem Schwert auf den lebenden Körper der Völker schreibt. Wir können nicht die Unterschrift der russischen Revolution unter einen Friedensvertrag setzen, der Millionen menschlicher Wesen Unterdrückung, Leid und Unglück bringt.»

Damit setzte er sich, inmitten eines erstaunten Schweigens. Nur der General Hoffmann murmelte wütend: «Unerhört.» Alle weiteren Verhandlungen lehnte Trotzki ab. Er reiste ab und überließ seine überraschten Partner ihren internen Debatten.

Die blieben nicht aus. Kühlmann und Czernin waren alles in allem dafür, Trotzkis «Theatercoup» achselzuckend hinzunehmen. Schließlich gab er Deutschland, was es am dringendsten brauchte: Frieden im Osten, Freiheit vom Zweifrontenkrieg. Die besetzten Gebiete – Polen, Litauen, Kurland – hatte man sowieso. Neue Gebiete zu besetzen war jetzt weniger wichtig, als möglichst schnell alle Kräfte im Westen zu konzentrieren. Hätte man dort gesiegt, könnte man im Osten immer noch weitersehen. Irgendwann einmal

mußte natürlich auch ein formeller Friedensvertrag unterzeichnet werden; aber es brauchte ja nicht gerade jetzt zu sein.
Rückblickend kann man nur sagen: Das war die Stimme der Vernunft. Hätten die Deutschen sich damals wirklich mit dem Ausscheiden Rußlands aus dem Kriege zufriedengegeben, auf einen östlichen Eroberungszug verzichtet und alle Kräfte im Westen konzentriert – vielleicht hätten sie dort den Krieg wirklich noch gewonnen; sicher hätten sie ihn nicht so schnell und so gründlich, wie es dann geschah, verloren. Aber die Stimme der Vernunft drang nicht durch, und Kühlmann selbst gab ziemlich kampflos nach, als er merkte, daß er nicht durchdrang.
Stärker als Vernunft war gekränkte Eitelkeit: Man durfte diesen unverschämten Trotzki nicht triumphieren lassen. Noch stärker war simpler Eroberungstrieb: Nie wieder würde man ein so schwaches und so wehrloses Rußland vor sich haben; jetzt oder nie war die Gelegenheit, billig zu einem riesigen deutschen Ostimperium zu kommen. Aber ein drittes Motiv meldete sich plötzlich auch, ein ganz neues Motiv, das eigentlich aller bisherigen deutschen Rußlandpolitik des Weltkrieges ins Gesicht schlug: Antibolschewismus.
Der Beschluß zur Wiedereröffnung der Feindseligkeiten und zum Vormarsch nach Livland, Estland und in die Ukraine war schnell gefaßt. Aber seine Begründung bereitete einige Verlegenheit. Hitlerische Massenmörder waren ja die Herren des damaligen Deutschland nicht, sondern auf ihre Art hochzivili-

sierte Leute. Marschieren wollten sie jetzt wieder, dazu waren sie entschlossen, aber sie brauchten eine Begründung, einen achtbaren Vorwand: Als zynische Landräuber wollten sie nicht dastehen.

Und nun fand der Kaiser selbst einen Ausweg – einen merkwürdigen Ausweg. Die neue Formel sollte heißen: «Nicht Krieg, sondern Hilfe», und der Reichskanzler Graf Hertling stimmte zu: «Wir brauchen Hilferufe, dann läßt sich darüber reden.»

Die Hilferufe wurden bestellt und trafen pünktlich ein. Schwer zu haben waren sie nicht. Denn es gab natürlich genug Leute in allen Teilen Rußlands, die nur zu bereit waren, die Deutschen gegen die bolschewistische Revolution zur Hilfe zu rufen. Zwar regierten die Bolschewiken damals noch einigermaßen unblutig: Der «rote Terror» begann erst mehrere Monate später, im Sommer 1918, zugleich mit dem «weißen Terror» und mit dem Bürgerkrieg. Aber daß adlige Gutsbesitzer und reiche Bürger auch damals bereits – mit Recht – das Schlimmste für ihre Existenz von der bolschewistischen Regierung befürchteten und bereit gewesen wären, den Teufel aus der Hölle gegen sie zu Hilfe zu rufen, läßt sich leicht begreifen.

Und so setzten sich denn die deutschen Ostarmeen Mitte Februar 1918 wieder in Marsch, um die Gebiete, die sie besetzten, «vom bolschewistischen Terror zu befreien» – während gleichzeitig die deutsche Regierung denselben Bolschewisten ein Ultimatum stellte, binnen zwei Tagen die inzwischen noch verschärften deutschen Friedensbedingungen anzunehmen: Dann konnten sie immer noch Frieden haben,

und dann war es mit der Befreiung vom bolschewistischen Terror wieder nichts.
Darin lag natürlich ein Widerspruch – ein Widerspruch, der in den folgenden Jahren und Jahrzehnten immer mächtiger anschwellen sollte. Die Deutschen hatten ja die bolschewistische Revolution in Rußland gewollt und geplant, sie wollten auch die Fortdauer der bolschewistischen Herrschaft in Rußland, weil sie sie für die beste Garantie russischer Schwäche und Ohnmacht hielten, sie wollten und brauchten auch den Frieden mit dieser Regierung – keine andere russische Regierung bot ihnen Frieden. Aber zugleich hatten sie sich plötzlich öffentlich auf so etwas wie einen antibolschewistischen Kreuzzug eingelassen; und das nicht *nur* aus taktischen Augenblickserwägungen. Vielmehr brach da plötzlich etwas Elementares durch. Ludendorff schrieb zur Begründung des neuen Vormarsches im Osten plötzlich ganz hoffnungsvoll (und ganz unlogisch): «Vielleicht versetzen wir den Bolschewiki den Todesstoß und bessern damit unser Verhältnis zu den besseren Schichten Rußlands.» Ein knappes Jahr vorher hatte derselbe Ludendorff Lenin nach Rußland «geschickt», um die Bolschewiki dort an die Macht zu bringen. Jetzt wollte er ihnen plötzlich den Todesstoß versetzen; und anscheinend bemerkte er nicht einmal, daß er sich damit selbst widersprach.
Ein bißchen Verwirrung hatte das unnatürliche Bündnis mit Lenin bei der deutschen Oberschicht eben doch gestiftet: Der Wunsch, die Ostfront los zu sein, der Wunsch, die Gelegenheit zu großen Eroberungen im Osten zu nutzen, und dazu, plötzlich durchbrechend,

ein instinktiver Anti-Bolschewismus – das alles ging ein wenig durcheinander, es vertrug sich nicht so recht.

Aber die Verwirrung bei den Deutschen war nichts im Vergleich zu der Zerrissenheit, wilden Auflehnung, Panik und Verzweiflung, die jetzt auf der anderen Seite ausbrach. Die Entscheidung über Krieg oder Frieden – hoffnungslosen Krieg oder schmachvollen Frieden – mußte jetzt von den Sowjets in 72 Stunden gefällt werden, mit der Hand des Würgers schon an der Kehle. Der deutsche Vormarsch traf praktisch keinen Widerstand; Petrograd lag auf der Vormarschlinie, offen für den Zugriff; stündlich kamen die deutschen Armeen näher. (Ein Nebenergebnis dieser Bedrohung Petrograds war, daß Moskau zur Hauptstadt wurde, was es seither geblieben ist; die Bolschewiki wollten nach dieser Erfahrung nie wieder unter der Mündung der deutschen Kanonen regieren.) In zwei Nachtsitzungen wurde um die Entscheidung verzweiflungsvoll gerungen: Und diesmal setzte Lenin sich schließlich mit knapper Not durch – mit sieben zu sechs Stimmen im Zentralkomitee der Partei, mit 116 zu 111 im Zentralexekutivkomitee der Sowjets.

Den Ausschlag gab dabei sein heimliches Bündnis mit Trotzki – den die Vertreter der Kriegspartei bis dahin, nicht ganz grundlos, zu den ihren gerechnet hatten. Innerlich gehörte Trotzki zweifellos zu ihnen, auch jetzt noch. Er war ein ganz anderer Charakter als Lenin, stolz und flamboyant, wo Lenin nüchtern und demütig war. Sein Instinkt trieb Trotzki zum revolutionären Krieg, und er wäre ganz der richtige Mann gewesen, ihn zu führen. (Er erwies sich ja bald darauf, im Bürgerkrieg, als ein genialer militärischer Improvisator.) Auch kann man nicht sagen, daß ein revolutionärer Krieg ganz und gar aussichtslos gewesen wäre – trotz der momentanen Wehrlosigkeit Rußlands. Die Ententemächte wären wahrscheinlich bereit gewesen, ihn zu unterstützen, die «Weißen» hätten sich in einem solchen Krieg wohl wieder mit den «Roten» verbrüdert – und hätten die deutschen Heere, auch wenn sie Petersburg und vielleicht gar Moskau genommen hätten, wirklich die Weiten des Landes überwinden können?

Aber freilich, das Friedensversprechen der Revolution wäre gebrochen gewesen. Trotzki wäre im Effekt ein zweiter Kerenski geworden, und die bolschewistische Partei hätte sich im Bündnis mit den Westmächten und dem bürgerlichen Rußland am Ende selbst nicht mehr wiedererkannt. Die Oktoberrevolution wäre umsonst gewesen. Das war es, was Lenin deutlich sah. Trotzki sah es weniger deutlich. Aber er hielt sich mit zähneknirschender Loyalität an seine Geheimabsprache mit Lenin; und gegen beide Führer kamen die Partei und das Zentralexekutivkomitee nicht auf.

Trotzdem hat es in der ganzen russischen Geschichte kaum eine andere so tragisch aufgewühlte Sitzung gegeben wie die, in der die knappe Mehrheit des Zentralexekutivkomitees, ganz buchstäblich unter Heulen und Zähneklappern, schließlich ihre Zustimmung zum Frieden von Brest-Litowsk gab.

Die Delegierten, die an dem kalten und dunklen Februarmorgen übernächtigt auseinandergingen, auch diejenigen, die schließlich für Lenin gestimmt hatten,

hatten den Tod im Herzen. Sie hatten seinem Argument, daß die Revolution um jeden Preis gerettet werden müsse, schließlich nichts mehr entgegenzusetzen gehabt. Aber sie hatten das vernichtende Gefühl, ihr Land geopfert zu haben, um ihre Revolution zu retten. Und hatten sie auch nur die Revolution gerettet? In den nächsten Monaten hatten sie allen Grund, daran zu zweifeln.

3. Der Strick und der Gehängte

Was sich im Sommer 1918, in den kurzen Monaten nach dem Brest-Litowsker Frieden und vor der deutschen Niederlage im Westen, zwischen Deutschland und Rußland Phantastisches abspielte, davon weiß heute außer ein paar spezialisierten Historikern kein Mensch mehr etwas. In diesen Monaten rettete die Regierung des deutschen Kaiserreichs der bolschewistischen Regierung Rußlands das Leben. *Wie* sie das allerdings tat und mit welchen Absichten, das entbindet die Bolschewisten von jeder Dankbarkeitspflicht.

Das unnatürliche Bündnis zwischen dem deutschen Kaiserreich und dem russischen Bolschewismus wurde erst jetzt auf die Spitze getrieben und enthüllte erst jetzt ganz seinen für beide Seiten wahrhaft haarsträubenden Charakter. Als die deutsche Reichsleitung ein Jahr zuvor Lenin nach Rußland «schickte», wußte sie noch kaum, was sie tat und mit wem sie sich einließ; als sie jetzt seine Regierung vor dem schon fast sicheren Sturz bewahrte, wußte sie das ganz genau.

Damals war die deutsche Entscheidung noch eine instinktive Kriegsmaßnahme gewesen; diesmal war sie eine bewußte politische Entscheidung, hart umstritten und mit allem Für und Wider ausdiskutiert. Damals hatte man sich von der Unterstützung der Bolschewiki noch nichts weiter versprochen als einen siegreichen Sonderfrieden im Osten; diesmal erstrebte man damit nicht mehr und nicht weniger als die Kolonisierung ganz Rußlands.

Aber erzählen wir, was geschah.

Die Folgen des Brest-Litowsker Friedens waren für Lenins Partei und Regierung katastrophal. In dem halben Jahr zwischen Oktober und Brest-Litowsk hatte sie sich fast überraschend glatt und widerstandslos durchgesetzt, und im März 1918 schien sie fest im Sattel zu sitzen. Fünf Monate später schien ihr Sturz unvermeidlich. Woran lag das?

Teilweise daran, daß die Kräfte der Gegenrevolution zunächst durch den Schock ihrer Niederlage gelähmt gewesen waren und Zeit brauchten, sich zu formieren. Hauptsächlich aber daran, daß die nationale Demütigung und Schande, die der Brest-Litowsker Friede für Rußland bedeutete, die Volksstimmung umschlagen ließ.

Im Winter 1917/18 waren die Bolschewiki vor dem Wind gesegelt: Rußland wollte Frieden – die Bolschewiki machten Frieden; die russischen Bauern wollten Land – die Bolschewiki sagten: Nehmt es euch; die Sowjets wollten die Macht – die Bolschewiki gaben sie ihnen. Natürlich machten sie sich damit auch Todfeinde: die Offiziere der alten Zarenarmee, die Gutsbesitzer, die besitzenden Klassen überhaupt, die bürgerlichen Parteien, die Entente-Mächte; aber solange durch Rußland der Sturm der Revolution brauste, den Lenin und Trotzki angefacht hatten, waren alle diese Feinde machtlos.

Brest-Litowsk ließ diesen Wind umschlagen. Das Land hatte den Frieden gewollt – aber nun, da es das

Gesicht des Friedens sah, war es starr vor Entsetzen. Sogar die meisten Bolschewisten waren das: *Diesen* Frieden hatten sie nicht gewollt. Am liebsten hätten sie jetzt statt des Friedens den «revolutionären Krieg» ausgerufen. Das konnten sie nicht: Sie hatten keine Armee mehr, wie Lenin ihnen immer wieder erbarmungslos einschärfte. Die russische Armee hatte sich aufgelöst. Aber wenn sie sich auch Lenins harter Logik beugen mußten: Innerlich bäumten sie sich dagegen auf, fühlten sie sich verprügelt, verzweifelt, gebrochen. Die Partei war mit sich selbst zerfallen; sie hatte ihre Schwungkraft verloren.

Und sie stand plötzlich allein. Was schon die meisten Bolschewisten empfanden: daß mit dem Frieden von Brest-Litowsk eine furchtbare Katastrophe über Rußland hereingebrochen war – das empfanden ihre Gegner erst recht, und damit hatten sie plötzlich wieder das Land auf ihrer Seite. *Sie* hatten ja diesen Schmachfrieden nicht geschlossen! Natürlich, auch sie konnten den Krieg gegen Deutschland nicht wiederaufnehmen, auch sie hatten keine Armee mehr. Aber den Bürgerkrieg gegen die Bolschewisten, gegen die Partei des Friedens von Brest-Litowsk, die Partei des Verrats und der nationalen Schande – den konnten sie jetzt entfachen, dazu reichte es noch.

Überall bildeten sich jetzt plötzlich wieder gegenrevolutionäre Formationen – aus überlebenden Offizieren und kleinen zerstreuten militärischen Einheiten, die hier und da zusammengeblieben waren. Sie fanden schnell Unterstützung von den Entente-Mächten, deren Diplomaten und Geheimdienstler ja noch im

Lande waren und von Anfang an fieberhaft gegen die Bolschewisten arbeiteten, die für sie «Agenten des Kaisers» waren. Waffen gab es in Rußland so kurz nach dem Kriege noch überall, auch Geld stand den «Weißen» jetzt beliebig zur Verfügung. Im Sommer 1918 flackerte an allen Ecken und Enden Rußlands der Bürgerkrieg auf.

Zugleich brach die Regierung auseinander. Lenins erste Regierung war noch eine Koalitionsregierung gewesen: Neben den Bolschewiki saßen darin die «linken Sozialrevolutionäre», eine Partei, die älter war als die Bolschewiki und überall, besonders auf dem flachen Lande, kräftige Wurzeln hatte. Nach Brest-Litowsk verließen sie die Regierung und sagten ihr Kampf bis aufs Messer an. «Bis aufs Messer»: Das war in diesem Fall sehr wörtlich zu nehmen. Denn dies war die Partei der alten, gelernten Terroristen und Bombenleger aus der Zarenzeit, eine Partei, die keine Armee brauchte, weil sie gewohnt war, mit spitzeren, präziseren Waffen zu kämpfen: mit Attentaten, mit «individuellem Terror». Ihre Kampfansage bedeutete für jedes Mitglied der bolschewistischen Führung unmittelbare persönliche Lebensgefahr.

Auch sie verbündeten sich alsbald mit den Geheimdiensten der Westmächte. Es war eine sehr bunte, aber unheimlich breite Bürgerkriegskoalition, die die Entente im Frühling und Sommer 1918 in Rußland auf die Beine stellte: stockkonservative Zarengeneräle und -admiräle, liberales Besitzbürgertum mit seinen Parteien, Menschewiki – das russische Gegenstück zur deutschen SPD – und linke Sozialrevolutionäre, also

«Anarchisten» und «Nihilisten». Vor 1917 hatten sich alle diese Gruppen und Parteien bis aufs Blut bekämpft, aber jetzt hatten sie alle nur *einen* Feind: die Bolschewiki. Und dieser Feind hatte jetzt seinen Augenblick der größten Schwäche, psychologisch und materiell. Der revolutionäre Schwung hatte sich erschöpft, der Schock von Brest-Litowsk hatte die Partei bis ins Mark getroffen; und auf Bürgerkrieg war sie nicht vorbereitet: Eine Rote Armee gab es noch nicht.

Später sollte sich zeigen, daß auch die übergroße, ferngesteuerte gegenrevolutionäre Bürgerkriegskoalition fatale Schwächen hatte: Ihre Buntscheckigkeit verhinderte jede dauerhafte politische und militärische Zusammenarbeit, und die Ententemächte verloren nach dem Ende des Krieges mit Deutschland allmählich das Interesse an der russischen Gegenrevolution. So gewannen die Bolschewiki in dem langen, furchtbaren Bürgerkrieg der folgenden zwei Jahre allmählich die Oberhand und konnten die verschiedenen gegenrevolutionären Armeen getrennt und nacheinander niederschlagen. Heute sieht das wie eine Selbstverständlichkeit aus. Aber Mitte 1918 war von dem künftigen Sieg der «Roten» über die «Weißen», der sich dann 1919 allmählich abzeichnete und 1920 vollständig wurde, auch nicht der kleinste Schimmer zu sehen. In dieser Anfangsphase des Bürgerkrieges schien Weiß alle Trümpfe zu halten, und die Frage schien nicht, *ob,* sondern höchstens *wie lange* die Bolschewisten sich noch würden halten können.

Im Norden, in Murmansk und Archangelsk, landeten

englische und französische Truppen, im Fernen Osten, in Wladiwostok, japanische, dann auch amerikanische; später kamen noch französische Landungen an der Schwarzmeerküste dazu. Von diesen Basen aus wurden die Truppen der «weißen» Generäle organisiert und versorgt. Von den Küsten aus drangen sie fast widerstandslos ins Innere vor, von Norden, Osten und Süden. Der Machtbereich, der der bolschewistischen Regierung in Moskau verblieb, schrumpfte von Woche zu Woche.

Im inneren Rußland selbst war die kompakteste und schlagkräftigste militärische Macht in diesen Monaten die tschechische Legion. Das waren tschechische Regimenter der alten k. u. k. Armee, die 1916 geschlossen zu den Russen übergegangen waren und sich jetzt, etwa 30 000 Mann stark, wieder formiert und bewaffnet hatten. Zwischen den russischen Bürgerkriegsparteien waren sie zunächst neutral gewesen. Sie wollten eine unabhängige Tschechoslowakei, das war alles, was sie interessierte. Aber das machte sie automatisch zu Feinden der Österreicher, also auch der Deutschen – und damit zu Verbündeten der Entente-Mächte; und in der Situation vom Sommer 1918 bedeutete das: zu Feinden der Bolschewisten, der «Agenten des Kaisers». Die Tschechen bemächtigten sich mit einem Handstreich der Transsibirischen Bahn und öffneten mit einem Schlage das ganze asiatische Rußland den weißen Truppen des Admirals Koltschak.

Eben noch hatten die Bolschewiki ganz Rußland beherrscht. Plötzlich fanden sie sich fast auf das Gebiet des alten Großfürstentums Moskau zurückgeworfen.

Und sie hatten keine Armee! Ihre einzige reguläre Truppe war eine Division lettischer Scharfschützen, die 1917 zu ihnen übergegangen war und sich seither vielleicht nur deshalb nicht wie alle anderen regulären Truppen zerstreut hatte, weil sie nicht nach Hause konnte: Lettland war von den Deutschen besetzt.
Sonst gab es «rote Garden» in den Großstädten, aber keine wirklichen Feldeinheiten; enthusiastische Freiwillige, aber keine Ausbilder und Offiziere. Wenn man die brauchte – und man brauchte sie jetzt dringend –, mußte man auf Offiziere der alten Zarenarmee zurückgreifen, und da man ihnen nicht trauen konnte, wurden ihnen politische Kommissare zur Seite gestellt – eine Einrichtung, die dann in der Roten Armee beibehalten wurde. Trotzki, der jetzt Kriegskommissar geworden war, gab einen berühmt gewordenen drakonischen Armeebefehl heraus: «Ich warne: Falls irgendein Truppenteil sich selbständig zurückzieht, wird als erster der Kommissar dieses Truppenteils, als zweiter der Kommandeur erschossen.»
Die Anfänge der Roten Armee schuf Trotzki in diesem verzweifelten Sommer buchstäblich aus dem Nichts. Es war eine phantastische Gewaltleistung, bei der es drunter und drüber ging, und deren Erfolg, ehe er sich dann schließlich doch einstellte, monatelang fast unmöglich schien. Trotzki hat später beschrieben, wie er es machte: «Aus Partisanenabteilungen, aus Flüchtlingen, die vor den Weißen wegliefen, aus in der nächsten Umgebung mobilisierten Bauern, aus Arbeiterabteilungen, die die Industriezentren entsandten, aus kommunistischen Gruppen und Spezialisten formierten

wir direkt an der Front Kompanien, Bataillone, Regimenter, ganze Divisionen. In zwei bis drei Wochen, nach Niederlagen und Rückzügen, mußten wir aus einer lockeren, von Panik erfaßten Masse kampffähige Truppenteile machen. Was war dazu nötig? Viel und wenig: ein guter Kommandeur, einige Dutzend erfahrene Kämpfer, zehn aufopfernde Kommunisten, Stiefel, eine Badeanstalt, eine energische Agitationskampagne, Essen, Wäsche, Tabak und Streichhölzer ...»

Noch Anfang 1919 erklärte Trotzki in Moskau: «Gebt mir dreitausend Deserteure, bezeichnet sie als Regiment, ich gebe ihnen einen erfahrenen Kommandeur und einen guten Kommissar, geeignete Bataillons-, Kompanie- und Zugführer – und in vier Wochen wird aus dreitausend Deserteuren eine Elitetruppe.» So spricht der Mut der Verzweiflung.

Verzweifelt mußte man die Lage der bolschewistischen Regierung Anfang Juli 1918 wohl nennen: Fast ohne Armee, hatte sie plötzlich einen Bürgerkrieg an drei Fronten auf dem Hals. Und dann schlugen in den Hauptstädten selbst die linken Sozialrevolutionäre zu. Sie erschossen den deutschen Botschafter in Moskau und den deutschen Militärgouverneur in Kiew, um Deutschland zu erneutem Krieg zu provozieren, und als das nichts half, schossen sie auf Lenin. Lenin wurde verwundet und für Wochen außer Gefecht gesetzt. Gleichzeitig ermordeten die linken Sozialrevolutionäre zwei andere führende Bolschewiki. Terror und Gegenterror kamen in Gang. Mord und Blutrache wurde allgemeine Losung bei Weiß und Rot.

Die Ermordung der Zarenfamilie fällt in diese schrekkensvolle Periode: Bisher hatte der Zar mit Frau und Kindern in einer Art von komfortablem Hausarrest gelebt; es war ihm nichts Ernstliches geschehen, man hatte ihm nicht einmal, nach dem Vorbild der englischen und französischen Revolution, einen persönlichen Prozeß gemacht – die Oktoberrevolution hatte als eine ihrer ersten Maßnahmen die Todesstrafe abgeschafft. Jetzt, als weiße Truppen sich Jekaterinburg näherten, wohin die Zarenfamilie gebracht worden war, brachte man in wilder Panik ohne Prozeß und Urteil die ganze Familie um – die Weißen sollten wenigstens keinen Thronkandidaten vorfinden. Es ging jetzt für alle um Leben und Tod, und alle Rücksichten fielen.

Im Juli und August 1918, während weiße Truppen bereits von Osten über den Ural drangen und von Süden wolgaaufwärts im Anmarsch auf Moskau waren, während Trotzki in einem Gewaltakt ohnegleichen eine Rote Armee aus dem Boden zu stampfen suchte, hing das Leben der bolschewistischen Regierung an einem dünnen Faden. Sie hatte jetzt Feinde ringsum; die Entente-Mächte, die Anhänger der alten Zarenmacht, die Anhänger der Kerenski-Regierung, die sie im Oktober 1917 gestürzt hatte, die Menschewiki, die linken Sozialrevolutionäre – und sogar wieder die Deutschen.

Ja, sogar wieder die Deutschen. Die Unterwerfung von Brest-Litowsk schien am Ende nichts genützt zu haben, und die Grenzen von Brest-Litowsk, die im Februar noch jedem Russen – auch fast jedem russischen Bolschewisten – unannehmbar erschienen waren, sahen im August bereits wie ein fernes Wunschziel aus. Zugleich mit den weißen Armeen, den Tschechen und den Entente-Truppen drangen auch deutsche Divisionen wieder bedrohlich und unwiderstehlich auf das schrumpfende, zuckende, fiebergeschüttelte Rest-Rußland ein.

Den Deutschen nämlich war der Appetit beim Essen gekommen. Der Friedensvertrag von Brest-Litowsk glich ja in seiner letzten Fassung einem Urteil, das erst noch vollstreckt werden mußte: Rußland hatte darin zwar – außer auf die schon im Kriege besetzten Gebiete Polen, Litauen und Kurland – auch auf Finnland, Livland, Estland und die Ukraine verzichtet, aber die Deutschen hatten diese Gebiete noch nicht. Sie mußten sie erst noch erobern.

Teilweise geschah das kampflos, aber teilweise erforderte es blutige Feldzüge: In Finnland mußten die Deutschen erst einen Bürgerkrieg zwischen Weiß und Rot zugunsten der Weißen entscheiden, in der Ukraine die inzwischen bereits siegreich etablierten Bolschewisten zugunsten der rechtssozialistischen «Rada» niederringen – ehe sie dann auch diese zugunsten einer reinen Marionettenregierung absetzten. Einmal im Kampf und im Vormarsch aber hielten sie sich nicht mehr an die Brest-Litowsker Grenzen: Von Finnland aus drangen sie nach Karelien vor, vom Baltikum nach Weißrußland, von der Ukraine auf die Krim, ins Kubangebiet und an den Don. Zugleich rückten die Türken in Transkaukasien ein, um das alsbald zwischen den Deutschen und ihren türkischen Verbündeten ein Streit entbrannte. Überall, wo die Deutschen und ihre Verbündeten vorrückten, schalteten sie die «Roten» aus –

nicht anders als die Entente-Truppen und ihre Verbündeten, mit denen sich die Deutschen doch, immerhin, noch im Kriege befanden, während sie mit der roten Regierung in Moskau ja, immerhin, vor ein paar Monaten einen Frieden geschlossen hatten.
In ihrer Not klammerten sich jetzt die Roten an diesen Frieden; was eben noch unerträglich gewesen war, wurde jetzt in ihren Augen zum Rettungsanker.
Die Situation war klar genug: Die bolschewistische Regierung fand sich aus allen vier Himmelsrichtungen eingekeilt und angegriffen. Von Norden, Osten und Süden marschierten die Weißen auf sie los, mit den Entente-Truppen im Hintergrund. Von Westen rückten die Deutschen vor. Nach irgendeiner Richtung mußte Luft geschafft werden, sonst war alles aus.
Nach welcher Richtung? Auch das war klar. Es gab nur eine: die westliche, die deutsche. Durch ihren Unterwerfungsfrieden mit Deutschland hatte die bolschewistische Regierung in dem Krieg zwischen Deutschland und den Westmächten, der ja noch in vollem Gange war – ja, gerade jetzt im Westen seinen Höhepunkt erreichte –, sozusagen für Deutschland optiert. Ein Zurück gab es jetzt nicht mehr. Gegen Deutschland *und* die Westmächte konnte sie nicht kämpfen. Und war es denn nicht widersinnig, daß Deutschland und die Westmächte, während sie sich im Westen blutige Schlachten lieferten, im Osten um die Wette auf das bolschewistische Rußland einschlugen – als ob es ihr gemeinsamer Feind sei, als ob sie nicht Feinde, sondern Verbündete seien? Hier mußte man durchbrechen, diese Front mußte man aufsprengen können. Mit den

Deutschen mußte man wieder ins reine kommen. Ihr unabsehbarer Vormarsch mußte gestoppt werden. Was es kostete, das mußte man eben zahlen. Immerhin hatten die Deutschen wenigstens noch kein Bündnis mit den Weißen. Und da die Weißen jetzt nachweislich die Verbündeten der Entente geworden waren, war es nicht mehr als logisch, daß die Roten sich ihrerseits mit den Deutschen gegen sie verbündeten.

Logisch war es – die Logik der Verzweiflung: aber was für eine unglaubliche Kehrtwendung! Bisher hatten weder die Deutschen noch die Russen an ihrem neugeschlossenen Frieden Freude gehabt, im Gegenteil, sie hatten einander mehr als je zuvor hassen gelernt. Der Friedensvertrag war von beiden Seiten ständig gebrochen worden, und die neuernannten Botschafter in Berlin und Moskau hatten bisher kaum etwas anderes zu tun gehabt, als pausenlos bitter – und erfolglos – gegen diese Vertragsbrüche zu protestieren: Die Russen protestierten gegen die ständigen deutschen Grenzverletzungen und Gebietsbesetzungen; die Deutschen gegen russische Revolutionspropaganda und Remobilisierung.

Nun plötzlich schlug Tschitscherin, der als Nachfolger Trotzkis in Moskau Außenminister geworden war, der deutschen Regierung neue Verhandlungen vor. Er wünschte zweierlei: endgültige Grenzen, in Gottes Namen noch schlechtere als die von Brest-Litowsk, aber endgültige, die die Deutschen wirklich respektierten – und deutsche Unterstützung, direkt gegen die in Rußland gelandeten Entente-Truppen, indirekt gegen die von ihnen protegierten Weißen.

Dafür bot Tschitscherin wirtschaftliche Konzessionen; vor allem bot er Brot. Beide Länder hungerten ja. Die Deutschen hatten Rußlands wichtigste Kornkammern besetzt, aber solange sie dort kämpfen mußten und die Bauern passiven Widerstand leisteten, verkamen die Ernten. Tschitscherin suchte der deutschen Regierung klarzumachen, daß eine willige und befreundete russische Regierung viel besser in der Lage sei, Deutschland zu helfen, als eine deutsche Besatzung.

Tatsächlich handelte es sich bei den Konferenzen, die im Juni begannen und sich fast drei Monate hinzogen – nun nicht mehr in Brest-Litowsk, sondern in Moskau und Berlin –, um neue Friedensverhandlungen; der Friede von Brest-Litowsk war nach drei Monaten schon wieder von den Ereignissen – furchtbaren Ereignissen für das bolschewistische Rußland – überholt. Und diesmal gab es kein zeremonielles Vorspiel mehr und kein dialektisches Florettgefecht wie einst zwischen Kühlmann und Trotzki. Die krassen Wirklichkeiten duldeten keine diplomatische Verhüllung mehr: Für die russischen Verhandlungspartner ging es jetzt um das nackte Leben; für die Deutschen um nicht mehr und nicht weniger als die Kolonisierung ganz Rußlands.

Denn das war das Neue auf der deutschen Seite: Vorher hatten die Deutschen «nur» ein großes Imperium aus den russischen Randstaaten angestrebt, von Finnland bis Transkaukasien; Kernrußland selbst mochte, geschwächt und entmachtet, unter den unmöglichen Bolschewisten im eigenen Saft schmoren. Jetzt aber sah die deutsche Reichsregierung plötzlich viel gewal-

«Die schönste aller deutschsprachigen Buchserien.»
Rolf Hochhuth, Die Zeit

«Die ‹Manesse Bibliothek der Weltliteratur›, ein Beispiel für solide und unaufdringliche Buchkultur.»
Jörg Drews, Süddeutsche Zeitung

«Unter den deutschsprachigen literarischen Reihen, die es sich zur Aufgabe gestellt haben, geistige Mittlerdienste zu leisten, gehört die ‹Manesse Bibliothek der Weltliteratur› in die vorderste Reihe.»
Neue Zürcher Zeitung

Bitte
ausreichend
frankieren

Manesse Verlag GmbH
Königinstraße 9

D - 80539 München

Wir begrüßen Sie im Kreis der Manesse-Leserinnen und -Leser und danken Ihnen für Ihr Interesse an unserer Bibliothek der Weltliteratur. Wir hoffen, daß Sie aus der Lektüre Freude und Gewinn ziehen werden. Wenn Sie uns diese Karte mit Ihrer Adresse einsenden, erhalten Sie einmal jährlich das Manesse-Gesamtverzeichnis zugeschickt.

Absender:

Vorname/Name

Straße/Hausnummer

PLZ/Ort

Land

tigere Möglichkeiten: Rußland versank ja vor ihren Augen in unvorstellbares Chaos, lag plötzlich vollkommen offen da, in sich zerrissen, todwund, riesig, aber hilflos, nichts als Beute: Man brauchte nur noch zuzugreifen. Wenn man im Westen etwa zurückstekken müßte – gerade jetzt nahm ja der Krieg dort eine Wendung zum Schlimmen: Hier konnte man sich für alles schadlos halten. Der Unterstaatssekretär des Äußeren, von dem Bussche, schrieb am 14. Juni: «Das russische Verkehrswesen, die Industrie und die ganze Volkswirtschaft müssen in unsere Hände kommen. Es muß gelingen, den Osten für uns auszubeuten. Dort sind die Zinsen für unsere Kriegsanleihen zu holen.»
Schon war ein Syndikat der deutschen Großbanken und der deutschen Schwerindustrie gebildet – Grundkapital: zwei Milliarden Mark – «zur wirtschaftlichen Durchdringung Rußlands»; sogar der nimmermüde Helphand war wieder auf dem Plan, mit dem Projekt eines gewaltigen russischen Zeitungsmonopols, mit dem er ganz Rußland überschwemmen und die russische öffentliche Meinung auf die deutschen Interessen einstellen (nebenbei auch sich selber aus einem bloßen Millionär zum Milliardär machen) wollte. Was Ukraine, was Livland und Estland: Jetzt ging es für die Deutschen um die Oberherrschaft über ganz Rußland, jetzt sollte ganz Rußland das deutsche Indien werden. Nur über eins waren sie sich nicht schlüssig: ob sie die Kolonisierung *mit* den Bolschewiki oder *gegen* die Bolschewiki durchführen sollten. Und über diese Frage kam es Anfang August 1918 zu einer ernsten inneren Krise der deutschen Politik.

Anfang August 1918! Das war der Augenblick des englischen Durchbruchs bei Amiens, der «schwarze Tag des deutschen Heeres», der Augenblick, da im Westen endgültig und unwiderruflich der Krieg verlorenging. Es ist eine groteske Vorstellung, daß in diesem Augenblick die maßgebenden Männer Deutschlands nichts Besseres zu tun hatten, als sich darüber zu streiten, wie sie Rußland kolonisieren sollten – nicht etwa *ob*, sondern *wie*. Aber im Osten waren die deutschen Divisionen – die im Westen fehlten – ja immer noch unwiderstehlich. Die Deutschen hatten immer noch das Heft in der Hand. Sie konnten, während ihnen im Westen das Wasser bis zum Halse stieg, in Rußland immer noch über das Schicksal von «Weiß» und «Rot» entscheiden wie bei Homer die olympischen Götter über das Schicksal von Griechen und Trojanern. Und wie die olympischen Götter lieferten sie sich darüber einen homerischen Kampf.
Denn zugleich mit dem schwindelerregenden Gedanken, daß man jetzt, weit über alles bisher Erstrebte und Erreichte hinaus, aus ganz Rußland eine deutsche Kolonie machen könnte, gab es noch ein zweites neues Motiv bei den führenden Männern des sterbenden deutschen Kaiserreichs: einen plötzlichen, fast unüberwindlichen Widerwillen gegen die Bolschewisten und die bolschewistische Verbindung. Teilweise hingen die beiden Dinge zusammen: Solange man vor dem «russischen Koloß» immer noch einen vagen Respekt gehabt hatte, schien eine bolschewistische Regierung in Moskau – die ja in den Augen konservativer Deutscher eine Regierung von Halbverrückten war – eine gute

Rückversicherung gegen sein Wiedererstarken; jetzt, da man Rußland einfach als ein riesiges Ausbeutungsobjekt betrachtete, brauchte man sie nicht mehr. Noch ein zweites rationales Argument ließ sich für den plötzlich entdeckten oder wiederentdeckten deutschen Antibolschewismus anführen: Er könnte eine Art gemeinsamen Nenner mit den Entente-Mächten schaffen, wenn man sich mit diesen, wie es jetzt auszusehen begann, eines Tages vergleichen und verständigen müßte. Aber ausschlaggebend waren diese verstandesmäßigen Überlegungen kaum. Was hier durchbrach, war einfach instinktive Abneigung. Mit was für Leuten hatte man sich da eingelassen! Unmöglich! Schon in der letzten Phase von Brest-Litowsk hatte ja bei Ludendorff ein plötzlicher Ausbruch von instinktivem Antibolschewismus leichte Verwirrung in das kalte Staatskalkül getragen. Anfang Juni berichtete der deutsche Militärattaché aus Moskau, zwei deutsche Bataillone würden genügen, um dort «Ordnung zu schaffen»; Ludendorff konnte nicht widerstehen: Am 9. Juni schrieb er ein langes Memorandum, in dem er den Bruch mit den Bolschewisten und das Bündnis mit den Weißen forderte. Endlich wollte er wieder in anständiger Gesellschaft sein! Auf seinen Befehl nahm General Hoffmann Verbindung mit Miljukow auf, dem ehemaligen Außenminister der Märzregierung von 1917. Man sprach über die Wiederherstellung einer «konstitutionellen Monarchie» in Rußland – vielleicht unter einem deutschen Monarchen? Auch in den eroberten Randstaaten suchten ja die regierenden deutschen Häuser damals eifrig neue Throne für ihre nachgeborenen Söhne.

Solch eine «anständige» russische Regierung könnte dann auch bessere Friedensbedingungen bekommen; man könnte ihr die Ukraine zurückgeben, vielleicht sogar Teile des Baltikums. Natürlich, wenn ganz Rußland eine deutsche Kolonie wurde, kam es nicht mehr darauf an, ob die Randstaaten von ihm abgetrennt waren oder nicht.

Im Juli mehrten sich die Stimmen für eine solche Umwälzung der deutschen Rußlandpolitik. Der Nachfolger des ermordeten deutschen Botschafters in Moskau war Karl Helfferich geworden, damals eine der stärksten Persönlichkeiten der deutschen Politik. Er forderte jetzt kategorisch «effektive militärische Unterstützung» der russischen Gegenrevolution. Deutschland solle selbst die Bolschewiki stürzen, «andernfalls würde nur erreicht werden, daß wir in den Sturz der Bolschewiki hineingezogen werden». Der Kaiser – damals unter dem frischen Eindruck der Ermordung der Zarenfamilie – schrieb an den Rand: «Natürlich! Habe ich schon vor einem Monat Kühlmann sagen lassen!» Und Ludendorff stimmte nochmals ein: Deutschland solle jetzt in Rußland eine neue Regierung einsetzen, «die das Volk für sich hat». Während die russischen Unterhändler nervös Deutschlands Antwort auf ihr neues Friedensgesuch und Bündnisangebot erwarteten, war in Berlin schon fast ihr Untergang beschlossen.

Und dann kam es doch anders. Admiral von Hintze, seit kurzem Nachfolger Kühlmanns im Außenamt, legte sich quer und setzte die Erneuerung des Bündnisses mit den Bolschewisten durch. Die große Staats-

schrift, mit der er es tat, ist ein phantastisches Dokument. Nie ist der haarsträubende Charakter der Beziehung zwischen dem deutschen Kaiserreich und der bolschewistischen Revolutionsregierung so eisklar beschrieben worden wie in diesem letzten Augenblick.
Der Sturz der Bolschewiki, schrieb Hintze, komme praktisch einer Wiederaufrichtung der Ostfront gleich. «Sozialrevolutionäre, Kadetten, Monarchisten, Kosaken, Gendarme, Beamte und Mitesser des Zarismus» – alle hätten sie «Krieg gegen Deutschland, Umsturz des Brest-Litowsker Friedens» auf ihre Fahnen geschrieben. Die Bolschewisten seien die einzigen Vertreter des Brest-Litowsker Friedens in Rußland. «Es ist politisch, die Bolschewisten auszunützen, solange sie noch etwas hergeben können. Fallen sie, so können wir einem etwa entstehenden Chaos mit ruhiger Aufmerksamkeit zusehen. Entsteht kein Chaos, sondern kommt sofort eine andere Partei ans Ruder, so müssen wir einrücken ...»
Und weiter: «Inzwischen haben wir keine Veranlassung, ein schnelles Ende der Bolschewiken herbeizuwunschen oder herbeizuführen. Die Bolschewiken sind höchst üble und antipathische Leute; das hat uns nicht gehindert, ihnen den Frieden von Brest-Litowsk aufzuzwingen und ihnen nach und nach noch darüber hinaus Land und Leute zu nehmen. Wir haben aus ihnen herausgeschlagen, was wir konnten, unser Streben nach Sieg verlangt, daß wir damit fortfahren, solange sie noch am Ruder sind. Ob wir gern oder ungern mit ihnen arbeiten, ist belanglos, solange sie nützlich sind ... Was wollen wir denn im Osten? Die militäri-

sche Paralyse Rußlands. Die besorgen die Bolschewiken besser und gründlicher als jede andere russische Partei, und ohne daß wir einen Mann und eine Mark drangeben ... Sollen wir die Früchte vierjähriger Kämpfe und Triumphe preisgeben, nur um uns endlich von dem Odium zu entlasten, die Bolschewiken ausgenutzt zu haben? Denn das ist es, was wir tun: Wir arbeiten nicht mit ihnen, sondern beuten sie aus. Das ist politisch und Politik.»

Der Kaiser und Ludendorff beugten sich dieser Logik; Helfferich trat von seinem Botschafterposten grollend zurück; und am 28. August 1918 unterzeichneten Deutschland und Rußland einen «Zusatzvertrag» zum Brest-Litowsker Frieden, der über diesen Frieden noch weit hinausging. Rußland mußte weitere Gebiete abtreten, sechs Milliarden Goldrubel Kriegsentschädigung zahlen, große Mengen an Rohstoffen und Getreide sowie ein Drittel seiner Erdölproduktion an Deutschland abführen; im Effekt wurde es zur deutschen Wirtschaftskolonie. Die russischen Unterhändler sagten, der Vertrag sei das Demütigendste, was Rußland je zugemutet worden sei, weit schlimmer als der «Erniedrigungsvertrag von Brest-Litowsk».

Und doch unterzeichneten sie. Teilweise gewiß, weil sie keine Wahl hatten; aber doch noch aus einem anderen Grunde. Bei all seiner Furchtbarkeit enthielt der Vertrag eine geheime Zusatzklausel, aus der sie Hoffnung schöpften: Die russische Regierung verpflichtete sich, die Entente-Truppen aus Rußland zu vertreiben; und die deutsche Regierung stellte zu diesem Zweck nötigenfalls Truppenhilfe in Aussicht.

Die Entente-Truppen aber waren bereits mit den «weißen» Armeen der russischen Gegenrevolution verknäuelt; deutsche Truppenhilfe gegen die Entente-Truppen verhieß daher indirekt auch Hilfe gegen die «Weißen» – erstaunlich genug, wenn man bedenkt, daß die Deutschen im Februar noch unter der Parole «Hilfe gegen die Roten» in Rußland eingerückt waren. In einem Fall, dem der «weißen» Armeen im Süden Rußlands, damals unter dem Befehl eines General Alexejew, versprachen die Deutschen sogar ganz ausdrücklich, «alle notwendigen Maßnahmen gegen ihn zu ergreifen».

Nie zuvor war Rußland so gedemütigt worden – bis hart an den Rand offener Kolonisierung; aber nie zuvor war auch die Verbindung zwischen dem kaiserlichen Deutschland und dem bolschewistischen Rußland so fest geknüpft worden – bis hart an den Rand des militärischen Bündnisses. Was Deutschland den Bolschewiki hier antat, war fürchterlich – aber zugleich rettend. Hätten die Deutschen statt dessen, wie Helfferich gefordert hatte, das Bündnis mit der Gegenrevolution geschlossen – es scheint fast unmöglich, daß die Bolschewiki die tödliche Krise des Sommers 1918 dann überlebt hätten.

Lenin gab ein paar Jahre später einer westlichen kommunistischen Partei den Rat, sie solle eine gewisse Regierung unterstützen, «so wie der Strick den Gehenkten unterstützt». Ein so schauderhaft einprägsames Bild erfindet man nicht, wenn man das, was es ausdrückt, nicht irgendwann am eigenen Leibe erfahren hat. Lenin hatte es im August 1918 erfahren. Es ist das exakte Bild für die Art Unterstützung, die er damals in der höchsten Todesnot vom Deutschen Reich erfuhr.

Der Vertrag vom 28. August 1918 ist nie durchgeführt worden. Genau einen Monat und einen Tag später warf Ludendorff im Westen das Handtuch in den Ring.

Und einen weiteren Monat und zehn Tage später brach in Deutschland die Revolution aus. Es war das, worauf Lenin die ganze Zeit gesetzt, worauf er gewartet, worauf er auch nach besten Kräften hingearbeitet hatte. Lenins *Prawda* jubelte über die ganze Breite ihrer Frontseite: «Die Weltrevolution hat begonnen!»

Die ganze Szene schien wie mit einem Zauberschlag verändert. Vor den hartbedrängten, keuchend um ihr Leben ringenden russischen Bolschewisten tat sich eine ganz neue Perspektive auf: die Verwandlung des unnatürlichen Bündnisses mit dem Deutschen Kaiserreich in ein natürliches Bündnis mit der deutschen sozialistischen Republik.

Die fatale Intimität zwischen Deutschland und Rußland schien zu einer echten Intimität zu werden: Durch die deutsche Revolution schien sich, von Moskau aus gesehen, einen Augenblick lang alles zwischen Deutschland und Rußland harmonisch aufzulösen. In Wahrheit war sie nur der Beginn noch tieferer, noch ätzendschmerzlicherer deutsch-russischer Mißverständnisse und Verwicklungen.

4. Rußland und die deutsche Revolution

Das Bündnis des deutschen Kaiserreichs mit der russischen Revolution war ein unaufrichtiges und unnatürliches, aber höchst wirksames Bündnis gewesen. Das Bündnis des bolschewistischen Rußland mit der deutschen Revolution war vollkommen aufrichtig, es war die natürlichste Sache von der Welt; aber es sollte sich als gänzlich unwirksam erweisen.

Deutschland hatte 1917 die russische Revolution gefördert, um Rußland etwas Böses zu tun; und die so geförderte russische Revolution hatte gesiegt. Rußland förderte 1918 – und noch Jahre darüber hinaus – die deutsche Revolution, um Deutschland (freilich auch sich selbst) etwas Gutes zu tun. Aber die deutsche Revolution mißlang.

Man kann sagen, daß Lenin von Anfang an durch die russische Revolution hindurch die deutsche anvisierte. Beinahe die allerersten Sätze, die er bei seiner Ankunft auf dem Finnischen Bahnhof in Petrograd am 16. April 1917 gesprochen hatte, hatten von Deutschland gehandelt: «Ich grüße euch als die Vorhut der Weltrevolution ... In Deutschland brodelt alles ... Die Stunde ist nicht mehr fern, da auf den Ruf unseres Genossen Karl Liebknecht die Völker ihre Waffen gegen ihre kapitalistischen Ausbeuter wenden werden ...» Auf den Ruf Liebknechts, nicht etwa auf seinen, Lenins, Ruf! So bescheiden dachte Lenin damals noch.

Nicht umsonst hatte der kluge Graf Brockdorff-Rantzau in der Denkschrift, in der er den Plan der Revolutionierung Rußlands entwarf, von «möglichen Rückwirkungen auf unsere innenpolitischen Verhältnisse» gesprochen. Die waren für jeden deutschen Politiker, der sich mit der Gedankenwelt der russischen Bolschewiki vertraut gemacht hatte, ein unvermeidliches Risiko. Brockdorff-Rantzau wußte, und sein Souffleur Helphand wußte noch besser, wie sich die Sache von Lenins Standpunkt aus ansah: In Lenins Augen war die russische Revolution, zu deren Unterstützung sich die kaiserliche deutsche Regierung leichtsinnigerweise hergab, nur der Anlasser, der den großen Motor der deutschen Revolution anwarf. Erst von Deutschland aus konnte und sollte dann die wirkliche Weltrevolution in Gang kommen. Deutschland war die Führungsrolle in der Weltrevolution zugedacht; Rußland nur die «Initialzündung».

Daß Lenin überhaupt die Kühnheit hatte, in Rußland eine sozialistische Revolution zu machen, ohne auf Deutschland zu warten, mit seiner bolschewistischen Partei die Macht und die Verantwortung in einem Rußland zu übernehmen, das für den Sozialismus noch gar nicht reif war, stempelte ihn in den Augen vieler seiner Anhänger im April 1917 zum Verrückten («Lenin ist verrückt geworden», sagte sogar seine Frau). Denn für die russischen Marxisten lag ja alles ganz klar: Eine proletarisch-sozialistische Revolution konnte nur in einem vollentwickelten Industrielande stattfinden, wo sie den Kapitalismus ablösen konnte; nicht in einem noch halb oder dreiviertel feudalen Lande wie Rußland, das erst einmal seine bürgerlich-kapitalistische Revolution zu absolvieren hatte. Und von allen kapitalistischen Ländern war Deutschland, das Land Marx' und Engels', das Land mit der größten, stärksten und bestorganisierten sozialdemokratischen Partei, offensichtlich dazu ausersehen, in dem großen historischen Prozeß des weltweiten Übergangs vom Kapitalismus zum Sozialismus die Führung zu übernehmen. Bis 1917 hatte ja Deutschland – das ist heute fast vergessen – in der Welt der sozialistischen Internationale die Rolle gespielt, die nach 1917 allmählich Rußland zufiel: Die deutsche Partei war die größte, mächtigste, erfolgreichste, auch übrigens die reichste; ihr Prestige war überwältigend, an sie wandten sich andere sozialistische Parteien, wenn sie Rat und Hilfe brauchten, sie wurde in Streitigkeiten als Schiedsrichter angerufen, sie gab in der Zweiten Internationalen den Ton an; sie war die einzige sozialistische Partei in der Welt, die unmittelbar an der Schwelle der Macht zu stehen schien.

Eine sozialistische Revolution in Rußland – wenn sie überhaupt möglich war, was mehrere führende Bolschewiki bis zum letzten Augenblick bestritten – konnte nur so etwas wie eine Vorleistung, ein Vorprellen sein; wenn sie nicht von der Weltrevolution alsbald eingeholt und aufgenommen wurde, konnte sie, davon waren alle damals noch überzeugt, auf die Dauer nicht durchgehalten werden. Und «Weltrevolution» bedeutete für die Bolschewiki von 1917/18 in der Praxis zunächst immer nur: deutsche Revolution.

1917 war das alles noch Theorie. 1918 wurde es, von Monat zu Monat mehr, ein hartes Problem der Praxis, das über Leben und Tod der russischen Revolution zu entscheiden drohte. Je härter das Deutschland des Kaisers seine ungeliebten russisch-bolschewistischen Schützlinge oder Werkzeuge preßte und bedrängte, um so dringender, um so verzweifelter warteten sie darauf, daß endlich die deutsche Revolution käme und sie erlöste; daß endlich aus dem Deutschland des Kaisers das Deutschland Liebknechts wurde, und aus einer unnatürlichen, haßerfüllten, beinahe tödlichen Partnerschaft eine natürliche und brüderliche. Daß auch dann noch Deutschland – das sozialistische Deutschland – der mächtigere und maßgebende Partner sein würde, verstand sich von selbst, und man war damals in Moskau noch liebend gern bereit, sich damit abzufinden.

Wenn die Bolschewiki während des ganzen für sie so furchtbaren Jahres 1918 sich trotz allem immer wieder an die Partnerschaft mit Deutschland klammerten, dann nicht nur aus Not – das auch, gewiß –, sondern auch in der inbrünstigen Erwartung, daß «Deutschland» eben nicht mehr lange das Deutschland des Kaisers bleiben würde, daß in ihm vielmehr ein ganz anderes, ein sozialistisches Deutschland steckte, daß es sich plötzlich – wie im Märchen das wilde Tier, mit dem man sich ins Bett gelegt hatte – in einen schönen Prinzen verwandeln würde. Wie gut, wenn man dann schon mit ihm im Bett lag!

Die Bolschewiki warteten nicht nur – inbrünstig hoffend und, fast möchte man sagen, betend – auf die deutsche Revolution, sie taten auch, was sie konnten, um sie herbeiführen zu helfen. Viel war es freilich nicht, was sie damals tun konnten. Sie hatten alle Hände voll zu tun, sich selbst über Wasser zu halten; und sie hatten keinen Lenin nach Deutschland zu schicken. Immerhin tat die russische Botschaft, die seit dem Frieden von Brest-Litowsk wieder in Berlin installiert war, ihr undiplomatisch Bestes für deutsche Revolutionäre: Sie knüpfte Verbindungen an, verteilte Propagandamaterial, wohl auch Geld – freilich sehr viel weniger, als Deutschland in Rußland verteilt hatte; die Bolschewiki waren arm – und vielleicht sogar einige Waffen. Sicher ist, daß zwischen den Berliner «revolutionären Obleuten» – einer Art illegaler Betriebsräte –, die für den 11. November 1918 einen bewaffneten Aufstand planten, und der russischen Botschaft im Oktober enge Verbindungen geknüpft wurden. Im letzten Augenblick, am 5. November, brach deswegen noch die letzte kaiserliche Regierung, der diese höchst ungehörige subversive Tätigkeit natürlich nicht entging, die diplomatischen Beziehungen ab und wies den russischen Botschafter aus, nachdem sie eine Kiste mit russischem Diplomatengepäck, die Flugblätter enthielt, absichtlich «aus Versehen» auf einem Berliner Bahnhof hatte hinfallen und aufplatzen lassen, um die Russen zu überführen. Aber man wird kaum sagen können, daß diese diplomatisch-undiplomatische russische Propagandatätigkeit zu dem Sturz des Kaisers, der dann ganz programmwidrig und ganz ohne Mitwirkung der revolutionären Obleute schon am 9. November stattfand, viel beigetragen hätte.

Eher schon die russische Propaganda in Rußland selbst: bei den Soldaten der deutschen Ostarmeen, von denen nach dem Zeugnis Ludendorffs viele, als sie im Laufe des Jahres 1918 nach dem Westen oder in Heimatgarnisonen überführt wurden, «den bolschewistischen Bazillus einschleppten»; und ganz besonders bei den deutschen Kriegsgefangenen, die die Bolschewiken sofort freisetzten und «umdrehten».

In Moskau gab es im Frühjahr 1918 eine bolschewistische Organisation von nicht weniger als 29 000 ehemaligen Kriegsgefangenen, an deren Spitze kein anderer stand als Ernst Reuter – derselbe Ernst Reuter, der dreißig Jahre später als Berliner Bürgermeister der Blockadezeit weltberühmt wurde. Er bietet vielleicht das sprechendste Beispiel dafür, wie machtvoll die russische Revolution auf viele junge Deutsche einwirkte, die damals als Soldaten oder Kriegsgefangene in Rußland in ihren Bannkreis gerieten.

Ernst Reuter, damals ein junger Mann von 28 Jahren, wurde unter ihrem Einfluß nicht nur zum begeisterten Kommunisten, er entdeckte auch sein politisches Talent. Der Vorsitz in der Gefangenenorganisation war nicht das Ende seiner russischen Karriere: Im Mai 1918 traf er mit Lenin persönlich zusammen, «dessen sachlicher Ernst und phrasenlose Nüchternheit auf den jungen Reuter einen bleibenden Eindruck machten, den er auch später nie verleugnet hat», wie seine Biographen Willy Brandt und Richard Löwenthal zu berichten wissen. Und Lenin machte Reuter zum Volkskommissar für die Wolgadeutschen – auch der junge Deutsche hatte auf Lenin Eindruck gemacht: «ein brillanter und klarer Kopf, nur etwas zu unabhängig», schrieb er Ende des Jahres in dem Empfehlungsbrief, mit dem er seine junge Entdeckung nach der deutschen Novemberrevolution an die deutsche kommunistische Partei weiterreichte.

Sechs Monate war Reuter an der Wolga praktisch Regierungschef eines deutschsprachigen Teilstaats der neugeborenen Sowjetunion. Seine letzte Amtshandlung in dieser Eigenschaft war ein Glückwunschtelegramm an Karl Liebknecht anläßlich von dessen Entlassung aus dem Zuchthaus Ende Oktober 1918. Darin drückte er die Hoffnung aus, «daß das deutsche Proletariat bald mit seiner mächtigen Faust den Hauptfeind im eigenen Land zerschmettern wird, um Hand in Hand mit dem russischen Proletariat den Weg zum Weltsozialismus frei zu machen».

Indessen, der Hauptbeitrag Rußlands zur deutschen Revolution von 1918 war nicht seine Propaganda, sondern ganz einfach sein Beispiel.

«Das Wort ist wie im Meer ein Pfad,
Doch die tiefe Wegspur zieht die Tat.»

Die russische Oktoberrevolution hatte vorgemacht, daß man durch einen Aufstand den Krieg wirklich beenden konnte; und auch *wie* man das machte, hatte sie gezeigt. Das Instrument der russischen Revolution waren die spontan gewählten Arbeiter- und Soldatenräte («Sowjets») gewesen, das revolutionäre Schlagwort hieß: «Alle Macht den Sowjets.»

Das hatte sich eingeprägt, das machte Schule. Als in Deutschland im November 1918 die Revolution ausbrach, wußten die Revolutionäre – oder glaubten zu wissen –, wie man es machen mußte: Überall bildeten sie im Nu Arbeiter- und Soldatenräte, schlossen sich zu regionalen und überregionalen Räteversammlungen zusammen, bildeten Vollzugsausschüsse, und an die Spitze des Reiches setzten sie einen »Rat der Volksbeauftragten».

Deutschland schien über Nacht eine perfekte Räterepublik geworden zu sein – viel perfekter und ordentlicher, viel schneller und glatter als Rußland selbst, das ja ein halbes Jahr lang eine konkurrierende Doppelherrschaft zwischen Sowjets und einer provisorischen Regierung gekannt hatte und wo auch jetzt noch eine merkwürdig ungeklärte Beziehung zwischen den Sowjets und der bolschewistischen Partei bestand, die sich allmählich nur allzu deutlich und drastisch zugunsten der Partei klären sollte. Die deutsche Nachahmung schien im ersten Augenblick viel gelungener als das russische Vorbild. Nachahmen ist ja auch leichter als vormachen . . .

Bekanntlich erwies sich diese deutsche Nachahmung der russischen Revolution dann doch sehr schnell als eine taube Nuß. Fast vom ersten Tage an wurde die deutsche Revolution rückläufig, bald hatte die Rätemacht zugunsten einer Nationalversammlung abgedankt, nach wenigen Monaten sah jedermann, daß die Revolution gescheitert war, und nach kaum einem Jahr war Deutschland bereits ein Hort der Gegenrevolution geworden.

Woran lag das? Nach der bis heute gültigen russischen und kommunistischen Erklärung an dem Doppelspiel und Verrat der sozialdemokratischen Führer, die sich an die Spitze der Revolution setzen ließen, nur um sie «aufzufangen» und abzuwürgen. Daß sie das taten, ist nicht abzuleugnen. Soweit haben die Kommunisten mit ihrer Erklärung ganz recht. Aber warum gelang es ihnen? Auch die russischen Menschewiki hatten schließlich 1917 ein Bündnis mit dem Bürgertum und der Armee geschlossen; auch sie hatten die Bolschewiki nach dem ersten mißlungenen Aufruhr vom Juli 1917 verfolgt und unterdrückt; auch sie hatten die Revolution «auffangen» wollen. Warum gelang den deutschen Sozialdemokraten (und ihren bürgerlichen und konterrevolutionären Verbündeten), was den russischen Menschewiki und ihren Verbündeten nicht gelungen war?

Aus zwei Gründen. Erstens, weil zwei Tage nach der deutschen Revolution der Krieg zu Ende war; zweitens, weil es in Deutschland keine bolschewistische Partei gab – und keinen Lenin.

Die russische wie die deutsche Revolution waren in Wirklichkeit Revolutionen gegen den Krieg – nichts anderes. Niemand hatte das klarer erkannt als Lenin selbst, der ja von Anfang an die Parole ausgegeben hatte: «Umwandlung des Weltkriegs in den Weltbürgerkrieg!» Gewiß, Lenin wollte die Revolution *benutzen*, um dann auch gleich den Sozialismus durchzusetzen – *machen* aber konnte er die Revolution mit der sozialistischen Parole nicht. Nicht sie lieferte die revolutionäre Massenenergie, ohne die auch ein Lenin machtlos gewesen wäre: die lieferte der Krieg, das dumpfe Leiden am Krieg und die wachsende Verzweiflung über den Krieg. Was Hunderttausende 1917 in Rußland und dann auch 1918 in Deutschland auf die Straße trieb und blind ihr Leben einsetzen ließ, war nicht marxistische Überzeugung – die hatten nur wenige, und diese wenigen hatten damit jahrelang in stiller oder lauter Opposition ganz friedlich vor sich hingelebt –, es war nicht einmal in erster Linie der Landhunger der Bauern in Rußland, zu dem es in Deutschland keine rechte Parallele gab: Es war einzig und allein der unbändige, verzweifelte, schließlich nicht mehr aufzuhaltende Drang, der Kriegshölle zu entkommen. Hätten die Miljukow und Kerenski, die von der russischen Märzrevolution 1917 zunächst hochgespült worden waren, das erkannt und sofort Frieden gemacht – Lenin wäre nicht mehr zum Zuge gekommen. Daß sie es nicht taten und daß Lenin es dann tat: das, und das allein, war das Geheimnis ihrer Niederlage und seines Sieges.

Die deutschen Miljukow und Kerenski aber, also die Ebert und Scheidemann, *machten* Frieden – vielmehr: sie brachten ihn bereits mit. Als die deutsche Revolution am 9. November 1918 in Berlin ausbrach, war die Waffenstillstandsdelegation schon unterwegs. Zwei Tage später schwiegen die Waffen. Und jetzt wollte natürlich jeder ins normale Privatleben zurück; mit dem Ende des Krieges hatte die Revolution ihre Hauptantriebskraft schon im Augenblick ihres Ausbruchs verloren.

Sie jetzt noch in Gang zu halten und weiterzutreiben, ihr schöpferische, staats- und gesellschaftsumgestaltende Ziele zu setzen, hätte eines gewaltigen Willens und eines scharfen, geschliffenen Lenkungsinstruments bedurft. Die fehlten beide. In Rußland waren sie vorhanden gewesen.

Die deutschen Sozialdemokraten, die im November 1918 ans Ruder kamen, waren längst keine Revolutionäre mehr, auch wenn sie noch gewohnheitsmäßig revolutionäre Phrasen gebrauchten. Jetzt, als sie zeigen mußten, was sie waren, zeigten sie, daß sie in Wahrheit Konterrevolutionäre geworden waren. Und die deutschen Kommunisten hatten im entscheidenden Augenblick noch keine Organisation.
Lenin hatte seine bolschewistische Partei 1903 von der russischen Sozialdemokratie abgespalten; und er hatte vierzehn Jahre lang Zeit gehabt, sie in ständigem Kampf mit der Restpartei der Menschewiki und unter ständigem mitleidlosem Ausroden und Ausjäten schwacher und schwankender Anhänger zu dem Elitekorps hartgeglühter Berufsrevolutionäre zu machen, das er 1917 brauchte, um aus dem Massenaufstand gegen den Krieg eine echte Revolution zu machen. Die deutsche kommunistische Partei wurde erst am 30. Dezember 1918 von Liebknecht gegründet, als der Massenaufstand schon vorbei, als er schon halb verpufft, schon halb gescheitert war.
Und sie hatte keinen Lenin. Liebknecht, ein großer Massenredner und ein aufrechter Mann, war weder ein Organisator noch ein Revolutionsstratege. Der stärkste und feinste Kopf unter den deutschen Kommunisten aber, Rosa Luxemburg, war geradezu ein Anti-Lenin zu nennen. Schon in Vorkriegszeiten hatte sie in der sozialistischen Internationale zu seinen schärfsten Kritikern gehört. Lenins harter, machiavellistischer Realismus war ihr grundunheimlich und zuwider. Im Gegensatz zu Lenin nahm sie die Demokratie ebenso

ernst wie den Sozialismus, sie wollte den einen nicht ohne die andere. Das Programm, das sie noch für den Spartakusbund entworfen hatte und das der Gründungsparteitag der kommunistischen Partei dann annahm, enthielt den Kernsatz:

«Der Spartakusbund wird nie anders die Regierungsgewalt übernehmen als durch den klaren unzweideutigen Willen der großen Mehrheit der proletarischen Masse in Deutschland, nie anders als kraft ihrer bewußten Zustimmung zu den Ansichten, Zielen und Kampfmethoden des Spartakusbundes.»

Lenin, hätte er das gelesen, hätte dafür nur ein trockenes Lachen gehabt. Lenin wollte die Macht und den Sieg, und die bekam er. Rosa Luxemburg haßte im Grunde die Macht, und sie hat denn auch keinen Sieg vorzuweisen, nur einen Märtyrertod. Freilich, auch der wirkt weiter.

Die berühmte Kritik der russischen Revolution, die Rosa Luxemburg 1918, noch im Gefängnis, verfaßt hatte, klingt manchem heute prophetisch: «Freiheit nur für die Anhänger der Regierung, nur für die Mitglieder einer Partei, ist keine Freiheit. Freiheit ist immer nur Freiheit des Andersdenkenden ... Ohne allgemeine Wahlen, ungehemmte Presse- und Versammlungsfreiheit, ohne freien Meinungskampf erstirbt das Leben in jeder öffentlichen Institution, wird zum Scheinleben, in dem die Bürokratie allein das tätige Element bleibt. Das öffentliche Leben schläft allmählich ein, einige Dutzend Parteiführer von unerschöpflicher Energie und grenzenlosem Idealismus dirigieren und regieren, unter ihnen leitet in Wirklichkeit ein Dutzend hervorragender Köpfe, und eine Elite der Arbeiterschaft wird von Zeit zu Zeit zu Versammlungen aufgeboten, um den Reden der Führer Beifall zu klatschen, vorgelegten Resolutionen einstimmig zuzustimmen, im Grunde also Cliquenwirtschaft – eine Diktatur allerdings, aber nicht die Diktatur des Proletariats, sondern die Diktatur einer Handvoll Politiker.»

Ja, so ungefähr ist es in Rußland gekommen. Aber wie kam es in Deutschland? Auch über ihre eigene, soviel demokratischere, humanere, hochherzigere Einstellung zur Revolution hat Rosa Luxemburg unbewußt das Urteil gesprochen, als sie, in einem unvergeßlichen Bild, die Revolution mit einer Lokomotive verglich, die auf einer steilen Steigung bergauf in Gang gesetzt wird: «Entweder wird die Lokomotive volldampf den geschichtlichen Anstieg bis zum äußersten Punkt vorangetrieben, oder sie rollt durch die eigene Schwerkraft wieder in die Ausgangsniederung zurück und reißt diejenigen, die sie auf halbem Wege mit ihren schwachen Kräften aufhalten wollen, rettungslos in den Abgrund mit.»

Genau dies war das Los der deutschen Revolution von 1918, und es war Rosa Luxemburg eigenes Los. Die Kraft, die die Lokomotive volldampf bergauf hätte treiben können und die in Rußland Lenin und seine Partei gestellt hatten, fehlte in Deutschland. Es gab nur schwache, zersplitterte Kräfte, welche die mit eigener Schwerkraft zurückrollende Lokomotive auf halbem Wege aufzuhalten suchten. Die Januar- und Märzkämpfe in Berlin, die Münchner Räterepublik, das letzte Aufbäumen im Ruhrgebiet nach dem Kapp-Putsch: das alles waren in Wahrheit schon nur noch Rückzugsgefechte. Die örtlichen Arbeiterräte, hinter denen keine leninistische Partei stand, waren wehrlos, als ihnen im Laufe des Jahres 1919 überall die Gegenrevolution auf den Leib rückte. Diese Gegenrevolution war so blutig und gründlich, wie die Revolution vom November 1918 unblutig und oberflächlich gewesen war.

Die Jahre 1919 und 1920 waren in Deutschland wie in Rußland Bürgerkriegsjahre. Der Ausgang hat Epoche gemacht: In Rußland siegte die Revolution, in Deutschland (unter sozialdemokratischer Firma) die Gegenrevolution.

Damit waren für lange Zeit die Weichen gestellt. Deutschland blieb ein bürgerlich-kapitalistisches Land, in vielem das Deutschland des Kaisers, nur ohne Kaiser. Rußland wurde zwar kein sozialistisches Land – es brauchte noch Jahrzehnte, um das zu werden –, aber es war von jetzt an ein revolutionäres Land, unter der unerschütterlichen Herrschaft einer kommunistischen Partei, die die Revolution nunmehr von oben weitertrieb. An den deutschen und den russischen Sozialisten hatte sich das Evangelienwort erfüllt: «Die Ersten werden die Letzten, und die Letzten werden die Ersten sein.» Die «unmögliche» russische Revolution war gelungen; die «unvermeidliche» deutsche Revolution war gescheitert.

Aber es dauerte lange, bis die Beteiligten das merkten; noch länger, bis sie es zugaben, sich damit abfanden und sich darauf einstellten. Das lag zum Teil daran, daß in dem Bürgerkriegsjahr 1919 die Verbindungen zwischen Deutschland und Rußland so gut wie abgerissen waren; beide Länder hatten in diesem turbulenten Jahr zu sehr mit sich selbst zu tun, als daß sie viel Aufmerksamkeit füreinander übrig gehabt hätten.

Zum größeren Teil aber lag es daran, daß beide einfach nicht fassen konnten und nicht glauben wollten, was da tatsächlich geschehen war. Die deutschen Kommunisten brauchten noch lange, bis sie begriffen, daß sie ihre Schlacht verloren hatten; und noch länger brauchten die Russen, um das zu begreifen. Als sie im Laufe des Jahres 1920 aus dem blutigen Alptraum ihrer Bürgerkriege siegreich auftauchten und sich augenreibend wieder in der Welt umsahen, trauten sie schlechterdings ihren Augen nicht. Ihr einsamer Sieg in Rußland war ja nach ihren eigenen Theorien eigentlich unmöglich gewesen, sie konnten an ihn selbst noch kaum glauben. Das Scheitern der deutschen Revolution aber, dieser nach dem Schulbuch soviel reiferen, soviel aussichtsreicheren, ja eigentlich unvermeidlichen Revolution, war noch viel unglaublicher.

Nein, sie glaubten es einfach nicht, es konnte nicht wahr sein. Wenn schon im feudalen, rückständigen Rußland die sozialistische Revolution gegen alle Wahrscheinlichkeit hatte siegen können, dann mußte sie es in Deutschland erst recht können. Nur das Tempo war offenbar aus irgendeinem Grunde in Deutschland langsamer. November 1918 in Deutschland, so sahen es die Russen jetzt, war dasselbe gewesen wie März 1917 in Rußland. Ebert war Kerenski, der Kapp-Putsch im März 1920 entsprach dem gegenrevolutionären Putsch des russischen Generals Kornilow im September 1917, jetzt konnte es also bis zur Oktoberrevolution nicht mehr lange dauern. Man mußte die Sache nur richtig in die Hand nehmen, nur ein bißchen Dampf dahinter machen.

Das taten die russischen Bolschewisten jetzt, dazu waren sie jetzt bereit und entschlossen. Immer noch hielt die Überzeugung vor, daß die deutsche und nicht die russische Revolution für den Sieg des Sozialismus entscheidend sei. «Sozialismus in einem Lande» – und nun gar in einem rückständigen Bauernland wie Rußland – war immer noch eine Undenkbarkeit für sie, die Weltrevolution immer noch Überlebensbedingung der russischen Revolution und Deutschland immer noch Kernland der Weltrevolution: Immer noch sahen sie das künftige sozialistische Deutschland als den Kopf, das revolutionierte Rußland höchstens als den Körper der proletarischen Weltmacht, die sie schaffen wollten. Aber der Körper übernahm jetzt die Funktion des Kopfes, die deutsche Revolution sollte jetzt, da sie es mit eigenen Mitteln offenbar nicht schaffte, von Rußland aus gesteuert werden: Das war der Sinn der Dritten, der kommunistischen Internationale, die 1919 in Moskau gegründet wurde.

In der Zweiten, der sozialdemokratischen Internationale, hatten die Deutschen die Führung gehabt. In der Dritten hatten sie unvermeidlich die Russen: Sie waren die einzige kommunistische Partei, die in ihrem Land (leider dem falschen Land) gesiegt hatte und bei der die anderen jetzt siegen lernen sollten.

Von 1920 an wurde die ‹Komintern› in Moskau der

«Generalstab der Weltrevolution», der die Strategie und Taktik der deutschen und der anderen angeschlossenen kommunistischen Parteien ausarbeitete und festlegte: noch keineswegs, um eine Vorherrschaft Rußlands über die anderen europäischen Staaten und Völker aufzurichten – das lag noch in weiter Ferne, dazu dachten die Bolschewiki von 1920 über die Möglichkeiten Rußlands noch viel zu bescheiden –, aber um die Lehren der siegreichen russischen Revolution für die kommunistischen Parteien der anderen, mächtigeren, fortgeschritteneren Länder fruchtbar zu machen. Vor allem immer noch für die Kommunistische Partei Deutschlands. Die russischen Bolschewiki von 1920 waren noch echte Internationalisten; aber in der Internationale gaben sie jetzt den Ton an.

Die gescheiterte deutsche Revolution von 1918 war wirklich eine deutsche Revolution gewesen – wer boshaft sein will, mag sagen: Deshalb war sie auch gescheitert. Auch ihre Ausläufer 1919 und 1920 waren noch etwas Bodenständiges. Die kommunistischen Putschversuche der folgenden Jahre aber – die mitteldeutsche ‹Marzaktion› von 1921 ebenso wie der Hamburger Aufstand vom Oktober 1923 – waren ferngesteuert, am grünen Tisch in Moskau ausgedacht und von ihren örtlichen deutschen Führern mechanisch und ohne rechte Überzeugung ins Werk gesetzt. Sie paßten nicht mehr in die Landschaft, sie fanden keine revolutionäre Situation mehr in Deutschland vor, und sie scheiterten noch kläglicher als die Revolution von 1918. Ihr einziges Ergebnis war, daß die kommunistische Sache in Deutschland von nun an als eine fremde, russische Sache diskreditiert war – und in der Führung der deutschen kommunistischen Partei endlose, bittere Richtungskämpfe entfesselt wurden. Viele der besten und selbständigsten überlebenden Köpfe unter den deutschen Kommunisten wurden damals an der Partei irre und brachen mit ihr, unter Schmerzen. Ernst Reuter war einer von ihnen.

Die deutsche Kommunistische Partei blieb trotzdem an Moskau gebunden – gerade ihr Mißerfolg und ihre zunehmende Entmutigung fesselten sie an das beneidete, siegreiche russische Vorbild; es war das einzige, woran sie sich halten konnte. Wer langsam, langsam umlernte und den Glauben an die deutsche Revolution verlor, das waren die Russen.

Schließlich konnten sie auf die Dauer nicht übersehen, daß sie auch ohne deutsche Revolution lebten, regierten, allmählich sattelfest wurden, und ebensowenig, daß es mit der deutschen Revolution nun einmal nicht vorangehen wollte. Das war beides ganz unvorhergesehen, ganz programm- und systemwidrig, fast unmöglich, fast undenkbar – aber es war so. Die Revolution in Rußland hatte offensichtlich gesiegt, und die Weltrevolution war offensichtlich fürs erste gescheitert – in Deutschland gescheitert. Noch gab man die weltrevolutionäre Hoffnung nicht endgültig und offiziell auf, noch betrieb man weiter internationale Revolutionspolitik – aber von nun an mit der linken Hand. Man mußte auch ohne Weltrevolution weiterleben.

Innenpolitisch bedeutete das ein Zurückstecken. «Sozialismus in einem Lande» war immer noch undenkbar; es blieb zunächst nichts übrig, als mit halbkapitalistischen Mitteln an den Wiederaufbau zu gehen. Außenpolitisch bedeutete es Lavieren in einer feindlichen Umwelt und Ausnutzen der Gegensätze zwischen den kapitalistischen Mächten; und in dieser trüben Montagsmorgenstimmung wurde Deutschland, auch ohne deutsche Revolution, für die regierenden russischen Kommunisten plötzlich wieder interessant.

Hatte es nicht ebenso wie Rußland den Krieg verloren? War es nicht in Versailles ebenso gedemütigt worden wie Rußland in Brest-Litowsk? War es nicht fast ebenso wie das bolschewistische Rußland ein Ausgestoßener der internationalen Gesellschaft, ein Paria unter den Völkern geworden? Lag es nicht nahe, daß die beiden Parias sich zusammentaten – trotz allem, was jetzt zwischen ihnen stand? Im Dezember 1920 bereits sagte Lenin: «Die deutsche bürgerliche Regierung haßt die Bolschewisten aus tiefster Seele, aber ihre Interessen und die internationale Lage treiben sie gegen ihren eigenen Willen zum Frieden mit Sowjetrußland.»

Es dauerte noch über ein Jahr, bis dieser Friede zustande kam. Aber im Frühjahr 1922 war es soweit. Wieder drehte sich das deutsch-russische Karussell, wieder begann ein ganz neues, ganz anderes Kapitel des deutsch-russischen Romans. Es trägt die Überschrift: Rapallo.

5. Rapallo

Das Wort «Rapallo» erschütterte am Ostersonntag 1922 Europa wie ein Donnerschlag. In diesem kleinen Badeort bei Genua hatten sich ganz plötzlich, von einem Tag auf den andern, ohne Warnung und ohne sichtbare Vorbereitung, Deutschland und Rußland verständigt – und zwar mitten in einer europäischen Konferenz, mit der ganz anderes beabsichtigt war, hinter dem Rücken der westlichen Siegermächte des Ersten Weltkrieges und auf ihre Kosten.

Bis zum heutigen Tage ist «Rapallo» in der internationalen Diplomatensprache ein Schlagwort und ein fester Begriff geblieben. Es ist eine chiffrierte Kurzformel, die zweierlei bedeutet: Erstens, daß auch ein kommunistisches Rußland und ein antikommunistisches Deutschland sich unter Umständen gegen den Westen zusammenfinden und zusammentun können; und zweitens, daß dies sehr plötzlich geschehen kann, buchstäblich über Nacht. Das zweite noch mehr als das erste hat das Wort «Rapallo» zu einem Schreckenswort für westliche Ohren gemacht, dessen Schockwirkung noch heute nachzittert.

Tatsächlich hat es wohl in der ganzen diplomatischen Geschichte kaum einen zweiten wichtigen Staatsvertrag gegeben, der so blitzartig zustande gekommen ist: Die Verhandlungen begannen mit einem Telefonanruf nach Mitternacht, in den ersten Stunden eines Ostersonntags; am Nachmittag dieses selben Ostersonntags standen die Unterschriften des deutschen und des russischen Außenministers unter dem fertigen Vertrag. Aber wenn auch der Vertrag von Rapallo schließlich eine diplomatische Sturzgeburt war: Der Keim, aus dem er hervorging, war lange vorher befruchtet worden, fast drei Jahre vorher. Und zwar an einem höchst unwahrscheinlichen Platz: in einer Zelle des Untersuchungsgefängnisses von Berlin-Moabit.

Dort war am 12. Februar 1919 Karl Radek eingeliefert worden. Radek war ein führendes Mitglied der russischen bolschewistischen Partei, übrigens ein polnischer Jude und zugleich eine Art Wahldeutscher – so etwas gab es damals; einer der gescheitesten und gewitztesten Köpfe seiner Zeit.

Damals war er Mitglied einer Delegation prominenter bolschewistischer Politiker, die Lenin im Dezember 1918 zum Reichskongreß der deutschen Arbeiter- und Soldatenräte entsandt hatte. Die Delegation wurde nicht nach Deutschland hereingelassen – die Regierung Ebert wollte mit den russischen Bolschewisten nichts zu schaffen haben. Ihre anderen Mitglieder kehrten befremdet und beleidigt um. Radek aber organisierte einen österreichischen Soldatenmantel und schmuggelte sich als heimkehrender Kriegsgefangener nach Berlin durch. (Er sprach österreichisches Deutsch ebenso wie Polnisch und Russisch perfekt, daneben noch drei oder vier andere Sprachen falsch, aber fließend.) In Berlin nahm er zwar nicht am Rätekongreß, aber am Gründungsparteitag der KPD teil, erlebte die Januarkämpfe, den Sieg der Gegenrevolution und die Ermordung Liebknechts und Rosa Luxemburgs, hielt noch ein paar Wochen unter wechselnden Adressen Kontakt mit seinen deutschen Parteifreunden und wurde schließlich bei einer der vielen damaligen Kommunistenjagden aufgegriffen.

Daß er seine Verhaftung überlebte, war reines Glück; man war damals schnell damit bei der Hand, prominente Rote «auf der Flucht» zu erschießen. Die nächsten Monate waren hart: strenge Einzelhaft, pausenlose Verhöre. Aber im Sommer 1919 – nach dem Versailler Frieden – besserten sich plötzlich seine Haftbedingungen. Er bekam eine Vorzugszelle und unbegrenzte Besuchserlaubnis; und die Besucher wurden immer prominenter. Besonders die Reichswehr interessierte sich für ihn. Radeks Zelle wurde in Moabit als «Radeks politischer Salon» bekannt.

Im Oktober wurde er entlassen – in die Wohnung eines Obersten von Reibnitz, der im Kriege Ludendorffs Nachrichtenoffizier gewesen war und jetzt zum Stabe des neuen Reichswehrchefs Seeckt gehörte. Dort wurde weiter diskutiert. Im Dezember kehrte Radek schließlich nach Moskau zurück – ein Mitwisser vieler Dinge und ein Geheimnis- und Ideenträger ersten Ranges. Was er als unsichtbares Gepäck mitnahm, war, mehr als zwei Jahre vor Rapallo, der Rapallogedanke; also der Gedanke eines Bündnisses des antibolschewistischen Deutschland mit dem bolschewistischen Rußland – eines Zweckbündnisses gegen den Westen und gegen Versailles.

Radek hatte in diesem abenteuerlichen Jahr in Deutschland begriffen, daß die deutsche Revolution gescheitert war. Aber er hatte auch erfahren, daß das einer Erneuerung des alten Teufelspakts zwischen der deutschen Rechten und der russischen Linken nicht im Wege zu stehen brauchte: Mächtige Männer in Berlin waren bereit, das Bündnis mit den russischen Bolschewisten wiederzubeleben, und zwar diesmal nicht mehr als Kriegsmaßnahme zur Entmachtung Rußlands – an der hatten sie jetzt gar kein Interesse mehr –, sondern ganz ehrlich von Staat zu Staat und von gleich zu gleich, auf der Grundlage gemeinsamer Interessen, gemeinsamer Feindschaften und gegenseitigen Respekts.

Was die deutsche Revolution nicht bewirkt hatte, das hatte Versailles in Deutschland bewirkt: eine Hinwendung zu Rußland und das Gefühl einer echten deutsch-russischen Interessengemeinschaft. Das Gefühl war noch nicht allgemein – weit entfernt davon; und es lag noch im Kampfe mit einem tiefsitzenden, instinktiven, fast unüberwindlichen Antibolschewismus. Aber es war da. Es war ein entwicklungsfähiger Keim. Aus diesem Keim sollte Rapallo erwachsen.

Wer es nicht noch miterlebt hat, macht sich heute kaum mehr eine Vorstellung von der furchtbaren, nachhaltigen Schockwirkung, die der Friede von Versailles damals in Deutschland ausgelöst hatte. Versailles war für Deutschland, was Brest-Litowsk für Rußland gewesen war: zugleich eine schwere Verwundung und eine tödliche Beleidigung. Deutschland fühlte sich zugleich verkrüppelt und geohrfeigt. Es zitterte vor Schmach und ohnmächtiger Wut. Haß auf den Westen war damals das stärkste politische Gefühl in Deutschland. Die wenigen Politiker – Patrioten

auch sie –, die ihren Zorn herunterschluckten und «Erfüllungspolitik» trieben, spielten buchstäblich mit ihrem Leben. Zwei von ihnen – Erzberger und Rathenau – *zahlten* mit ihrem Leben.
Versailles war unerträglich. Aber wo gab es Hilfe gegen das Unerträgliche? Deutschland war besiegt, entwaffnet, ohnmächtig; einsamer Widerstand war aussichtslos. Man brauchte Verbündete. Und der einzige mögliche Verbündete war der andere große Kriegsverlierer: Rußland – das bolschewistische Rußland. Ein deutsches Bündnis mit dem bolschewistischen Rußland: das war das einzige, was die Entente noch fürchtete. Es war das einzige, womit man ihr die Demütigung von Versailles heimzahlen konnte.
Aber war ein solches Bündnis nicht widernatürlich, haarsträubend, unmöglich? Es war ja nicht mehr so wie 1917, als man Rußland den Bolschewismus wie eine Laus in den Pelz gesetzt hatte, um ihm damit eine Krankheit einzuimpfen, an der es hinsiechen würde. Jetzt waren die Bolschewisten unglaublicherweise eine richtige, funktionierende russische Regierung geworden, sie hatten sich durchgesetzt, eine Armee aus dem Nichts geschaffen, einen furchtbaren Bürgerkrieg gewonnen: Man mußte sie jetzt ernst nehmen.
Wenn man das Bündnis mit Rußland wollte, dann mußte man jetzt bereit sein, sich mit den Zarenmördern an einen Tisch zu setzen (und diese mußten bereit sein, sich mit den Mördern Liebknechts und Rosa Luxemburgs an einen Tisch zu setzen). Man muß sich das vergegenwärtigen: In den Jahren 1919, 1920 und 1921 starrten Deutschland und Rußland ja immer noch

fassungslos aufeinander, sie trauten beide sozusagen ihren Augen nicht. Die Russen konnten einfach nicht glauben, daß die Revolution ihnen gelungen und den Deutschen *nicht* gelungen war; es verstieß gegen alle marxistischen Erkenntnisse, gegen alle vermeintliche historische Gesetzlichkeit, es war, als ob der Mond plötzlich am Morgen und die Sonne am Abend aufginge, es konnte nicht wahr sein. Die Deutschen wiederum konnten nicht glauben, daß die Bolschewisten, diese unmöglichen politischen Träumer, diese weltfremden Weltverbesserer und Schwarmgeister, sich tatsächlich bewährt und durchgesetzt hatten, daß sie eine wirkliche Regierung geworden waren, die regieren wollte und es auch konnte, daß sie jetzt Rußland waren. So etwas hatte es doch noch nie gegeben, es mußte Augentrug sein. Und doch, so sehr man sich wieder und wieder die Augen rieb, so war es, so blieb es, man mußte es kopfschüttelnd hinnehmen und sich darauf einstellen.

Die ersten Deutschen, die das, mit einem gewissen widerwilligen Respekt, taten, waren die Militärs. Der bolschewistische Sieg im Bürgerkrieg imponierte ihnen.

«Von einem rein militärischen Standpunkt aus», schrieb General Hoffmann – der Mann des «Faustschlags von Brest-Litowsk» –, «ist es erstaunlich, daß es den neu einberufenen roten Truppen gelungen ist, die zeitweilig noch starken Streitkräfte der weißen Generäle niederzuschlagen und sie völlig auszuschalten.» Und Oberst Bauer, ein Besucher Radeks im Herbst 1919, brach sogar in eine Art bewunderndes «Donnerwetter!» für Trotzki aus. «Ein geborener militärischer Organisator und Führer», schrieb er. «Wie er aus dem Nichts mitten in schweren Schlachten eine neue Armee aufbaute und diese dann organisierte und ausbildete, das ist absolut napoleonisch.»

Die Militärs waren denn auch die ersten, die ganz entschieden und kaltblütig auf Rußland umschalteten. Sie konnten das tun, ohne auf die Politik zu warten; die Reichswehr war ein Staat im Staate und machte ihre eigene Politik. Ihr erstes und wichtigstes Ziel war, die harten Entwaffnungsbedingungen des Versailler Vertrages zu unterlaufen. Das konnte nur in Rußland geschehen, in Zusammenarbeit mit der russischen Regierung; und wenn diese russische Regierung jetzt eine bolschewistische Regierung war, dann half es nichts, dann mußte die Zusammenarbeit eben mit den Bolschewisten eingeleitet werden. Sie *wurde* eingeleitet – schon ganz früh. Die ersten Fäden zwischen Reichswehr und Roter Armee wurden schon in Radeks Zelle gesponnen.

Die Politiker fanden es viel schwerer, zu einer Entscheidung zu kommen. Unter ihnen gab es «Westler» und «Ostler»; wobei bemerkenswerterweise die «Westler» unter den Sozialdemokraten und Linksbürgerlichen, die «Ostler» auf der Rechten stärker vertreten waren. Die Westler waren «Erfüllungspolitiker»; gegen den Strom der öffentlichen Meinung – und oft gegen ihre eigenen Gefühle – ankämpfend, setzten sie sich das Ziel, in einem langsamen, geduldigen Entfesselungsakt den Versailler Frieden doch noch allmählich in einen echten Frieden mit dem Westen zu ver-

wandeln. Das bolschewistische Rußland war ihnen unheimlich – um so unheimlicher, nachdem es sich als so unerwartet lebenskräftig erwiesen hatte.
Der weitblickendste unter ihnen, Walther Rathenau, glaubte sogar, gerade aus dem Sieg des Bolschewismus in Rußland einen neuen Kitt zwischen Deutschland und dem Westen gewinnen zu können: Hatten die deutschen und die westlichen Kapitalisten nicht am Ende dasselbe Interesse daran, diese Bombe, die da plötzlich in ihrer Mitte lag, zu entschärfen? Man mußte es dahin bringen, daß sie gemeinsam den Wiederaufbau Rußlands in die Hand nahmen; damit wären drei Fliegen mit einer Klappe zu schlagen: Rußland würde, unmerklich, aber unweigerlich, wieder in das Netz der kapitalistischen Weltwirtschaft eingesponnen werden; Deutschland konnte in Rußland verdienen, was es an Reparationen an Frankreich und England zahlen mußte; und Deutschland und der Westen würden (unmerklich, aber unweigerlich) aufhören, sich als Schuldner und Gläubiger gegenüberzustehen und statt dessen Partner werden ... Rathenau fand mit solchen Gedanken auch Gegenliebe: in England. Freilich nicht in Frankreich; und am wenigsten in Deutschland selbst, das in seiner damaligen Gemütsverfassung jede «Erfüllungspolitik», sei sie noch so weitschauend, als unerträgliche Selbsterniedrigung empfand.
In Deutschland hatten die «Ostler» weit mehr Resonanz. Auch sie waren auf ihre Art Realisten. Für sie war die kapitalistische Gemeinsamkeit mit dem Westen weniger wichtig als der nationale Gegensatz zwischen Siegern und Besiegten; und der ideologische

und gesellschaftspolitische Gegensatz zu dem bolschewistischen Rußland weniger wichtig als die nationale Interessengemeinschaft der beiden großen Verlierer des Weltkrieges. Sie beriefen sich auf Bismarck, dem ja auch die innere Verfassung eines anderen Landes ganz gleichgültig gewesen war, wenn es um die nationalen Interessen ging. Ja, sie trieben Bismarck auf die Spitze. Die Bolschewisten waren in ihren Augen «eine Verbrecherbande», aber diese Verbrecherbande hatte sie nicht beleidigt und konnte ihnen nützlich sein. Also konnte man ruhig Geschäfte mit ihr machen. Mit dem Westen Geschäfte zu machen, verbot dagegen das Ehrgefühl: Der Westen war keine «Verbrecherbande», er war sozusagen satisfaktionsfähig; aber er hatte Deutschland beleidigt. Versailles war eine Beleidigung.
Was diese «Ostler» des Weimarer Establishments – politisierende Reichswehroffiziere, hohe Beamte, preußische Konservative – den Russen, zuerst 1919 Radek, zu sagen hatten, klang ungefähr so: «Schön, ihr seid Bolschewisten. Das ist eure Sache. Schön, ihr möchtet auch bei uns den Bolschewismus einführen. Das werden wir zu verhindern wissen. Ihr regiert bei euch, wie es euch gefällt, und wir regieren bei uns, wie es uns gefällt. Verstanden? Aber im übrigen: Sind die Westmächte, die euch eben noch mit Hilfe der ‹Weißen› zu stürzen versucht haben, nicht eure gefährlichsten Feinde? Sie sind auch unsere. Haben wir euch nicht im Gegenteil vor den ‹Weißen› gerettet? Na also. Ihr wollt eine Rote Armee aufbauen? Wir können euch dabei helfen – wenn ihr uns dafür Gelegenheit gebt, bei euch die Waffen zu erproben, die uns der Westen ver-

boten hat. Ihr braucht Kapital zum Wiederaufbau? Wir hätten es vielleicht; natürlich, es kostet Zinsen. Ihr liebt uns nicht, das wissen wir. Wir lieben euch auch nicht. Aber es sieht so aus, als könnten wir einander nützlich sein.»

Es waren Eröffnungen solcher Art, die Lenin Ende 1920 erklären ließen: «Die deutsche bürgerliche Regierung haßt die Bolschewisten aus tiefster Seele, aber ihre Interessen und die internationale Lage treiben sie gegen ihren eigenen Willen zum Frieden mit Sowjetrußland.»

So kamen 1920 und 1921 nach und nach kleine, vorsichtige, halbe Annäherungen zwischen Moskau und Berlin zustande: ein Handelsvertrag; ein bißchen heimliche militärische Zusammenarbeit; ein paar inoffizielle Missionen hin und her.

Aber im nächsten Jahr bekamen in Deutschland die «Erfüllungspolitiker» Oberwasser: Wirth, ein katholischer Schwabe, wurde Reichskanzler, Rathenau Wiederaufbau-, dann Außenminister.

Beide waren «Westler» – auch zunächst Wirth; und besonders Rathenau entwickelte alsbald eine fieberhafte, nicht ganz erfolglose Aktivität.

Er reiste nach London, nach Wiesbaden, nach Cannes. Schon gab es einen Sachlieferungsvertrag, der Hoffnung auf eine Entschärfung der Reparationsfrage machte; schon gab es Gerüchte von einem kommenden europäischen Konsortium – mit Einschluß Deutschlands – zum «Wiederaufbau Rußlands». Und Anfang 1922 berief der englische Premierminister Lloyd George eine europäische Konferenz nach Genua ein, die zum erstenmal alle wieder vereinen sollte – Sieger, Neutrale und Besiegte, auch Deutschland, auch Rußland.

Lloyd George hatte sich kurz vorher mit Rathenau in London getroffen und sich seine große Idee – Wiederaufbau Rußlands durch die vereinigten kapitalistischen Mächte – zu eigen gemacht. Er griff gern fremde Ideen auf, ließ sie allerdings auch leicht wieder fallen. Lloyd George hatte etwas Quecksilbriges, Aalglattes, nicht unbedingt Vertraueneinflößendes an sich. Aber er war damals einer der mächtigsten Männer der Welt, und wenn Rathenau ihn wirklich für seine Idee gewonnen hatte – kam dann nicht doch noch nachträglich so etwas wie ein Verhandlungs- und Versöhnungsfriede mit dem Westen in Sicht? Dann verlor Rußland für Deutschland natürlich an Interesse, und man konnte die peinliche bolschewistische Verbindung aufatmend wieder fallenlassen.

Der Politik, an der Männer wie der Reichswehrchef Seeckt und der Leiter der Ostabteilung im Außenamt, Ago von Maltzan, in Berlin, Radek und der Außenminister Tschitscherin in Moskau arbeiteten, schien im Frühjahr 1922 ein wenig die Luft zu entweichen. Als die Russen auf dem Weg nach Genua, Anfang April, in Berlin Station machten, brachten sie einen deutsch-russischen Vertragsentwurf mit – eine Art nachträglichen Friedensvertrag. Aber die Deutschen blieben zurückhaltend; sie wollten erst sehen, was Genua bringen würde. Der Vertrag blieb ununterzeichnet.

Die Konferenz von Genua wurde am 10. April 1922, dem Montag der Osterwoche, feierlich eröffnet. Es war die größte europäische Versammlung seit dem Berliner Kongreß von 1878; alle europäischen Staaten hatten ihre Außenminister, fast alle ihre Regierungschefs geschickt. Die Journalisten, die aus aller Welt zusammengeströmt waren, sprachen von einer nachgeholten wirklichen Friedenskonferenz und stellten Vergleiche an mit den großen Konzilien der Christenheit. Ein Hauch von Sensation lag von vornherein über dem Ganzen: Da waren sie plötzlich alle wieder unter demselben Dach, auch die bösen Deutschen, auch die unheimlichen Bolschewisten. Sie trugen überraschenderweise keine Hörner und Hufe, sie benahmen sich anscheinend ganz wie höfliche, normale Staatsmänner. Kamen jetzt endlich Frieden und Normalität zurück? Brach in der europäischen Politik jetzt der Frühling aus – wie in der milden Landschaft der italienischen Riviera?

Genua erweckte Hoffnungen wie noch keine Konferenz des zwanzigsten Jahrhunderts; allgemein war aber auch die Furcht vor einem Scheitern dieser gewaltigen Veranstaltung: Wiederholbar war sie nicht – tatsächlich ist bis 1971 nie wieder ein solcher alleuropäischer Kongreß zustande gekommen. Ging er ergebnislos auseinander, dann lagen Katastrophen in der Luft.

Die Konferenz war wenig vorbereitet. Lloyd George liebte das Improvisieren, und es mochte ihm ganz recht sein, daß er der einzige war, der genau wußte, was er in Genua wollte: eben den Zusammenschluß aller europäischen kapitalistischen Industrieländer zum Wiederaufbau Rußlands; in diesem Rahmen sollte die Reparationsfrage, die damals die europäische Luft vergiftete, entschärft werden, Deutschland und Frankreich unmerklich zusammengeführt, Rußland unmerklich wieder ins kapitalistische Weltwirtschaftssystem eingewöhnt und eingesponnen werden. Die anderen Mächte wußten nur, was sie *nicht* wollten: Rußland genau diesen Zusammenschluß des Weltkapitals zur wirtschaftlichen Kolonisierung Rußlands; Deutschland eine Erneuerung der westlich-russischen Vorkriegsallianz, Frankreich irgendein Abhandeln von seinen Reparationsforderungen an Deutschland.

Wenn Lloyd George seinen großen Plan durch alle diese Widerstände durchsteuern wollte, mußte er ein kompliziertes Spiel spielen. Mit Frankreich, das der ganzen Konferenz nur widerwillig zugestimmt hatte, befand er sich von vornherein in offenem Gegensatz: Frankreich *wollte* gar keinen Erfolg der Konferenz; es fühlte sich in Versailles um die Rheingrenze betrogen und wollte die Reparationen benutzen, um dieses Kriegsziel nachträglich zu erreichen.

Frankreich mußte daher unter Lloyd Georges Konferenzregie zunächst ausgespart und eingekreist werden; erst ganz zum Schluß, wenn alle anderen einig waren, konnte der Frontalangriff auf die französische Position gewagt werden.

Auch Deutschland, fand Lloyd George, konnte warten. Was Lloyd George wollte, war ja Rathenaus eigene Idee, und Deutschland hatte ja am meisten davon zu gewinnen – Erlösung von Reparationsdruck, Wiederzulassung zum westlichen Klub. Es brauchte nicht besonders umworben zu werden; vielleicht war es sogar ganz gut, die Deutschen erst ein bißchen nervös zu machen, sie fühlen zu lassen, wie unangenehm es war, das Mauerblümchen spielen zu müssen; um so erleichterter würden sie dann zugreifen, wenn man ihnen schließlich wieder eine achtbare Partnerschaftsrolle antrug.

Wer zunächst gewonnen werden mußte, das waren die Russen – die scheuen, fremdartigen, mißtrauischen russischen Bolschewisten. Ihnen mußte der Verdacht genommen werden, daß sich die Kapitalisten ganz Europas gegen sie zusammenrotteten – ein ja nicht ganz unberechtigter Verdacht, denn natürlich würde ein gesamteuropäisches Wirtschaftssyndikat, das den Wiederaufbau Rußlands in die Hand nahm, in Rußland mächtiger werden als jede russische Regierung; und für Sozialismus würde in einem von europäischem Kapital entwickelten Rußland nicht mehr viel Raum bleiben. Um die Russen handzahm zu machen, hatte Lloyd George sich einen überraschenden Eröffnungszug ausgedacht: Er wollte ihnen deutsche Reparationen anbieten (der Versailler Vertrag bot eine Handhabe dafür). Lloyd George wollte nicht mit der Tür ins Haus fallen, er wollte zunächst einmal zu den Russen entwaffnend als Verbündeter zu Verbündeten sprechen: «Ihr habt doch *auch* mitgekämpft und mitgeblutet, ihr gehört doch eigentlich zur Siegerkoalition! Was Kapitalismus und Kommunismus – wir sind doch alte Waffenbrüder, nicht wahr? Natürlich müßt ihr auch Reparationen haben! Wär' ja noch schöner! Nein, keine Widerrede, was denkt ihr von uns?» In diesem Ton. Dafür sollte sich Rußland allerdings zur Rückzahlung der zaristischen Vorkriegsschulden an Frankreich verpflichten. Und dafür wiederum sollte dann Frankreich Deutschland gewisse Reparationskonzessionen gewähren – einen Nachlaß oder wenigstens eine Stundung. Für jeden etwas! Vor allem aber sollten die Russen durch eine Art praktischer Erneuerung der alten Kriegsallianz geehrt, geschmeichelt, zutraulich gemacht werden. So widmete sich Lloyd George fast die ganze erste Konferenzwoche außerhalb der formellen Sitzungen den Russen; andere wurden gelegentlich hinzugezogen, aber die Russen waren seine Dauergäste. Für die Deutschen war er nicht zu sprechen. Sie waren später dran.

Die Deutschen aber wurden natürlich von Tag zu Tag unruhiger und nervöser. Empfindlich und leichtverletzlich waren sie ohnehin; die Demütigungen, denen sie in Versailles ausgesetzt gewesen waren, waren noch in frischer Erinnerung – wie Angeklagte, die ihr Urteil empfangen, waren sie damals vorgeführt worden! Sollte sich das etwa hier wiederholen? Außerdem drang natürlich zu ihnen durch, was in der Luft lag. Russische Reparationsforderungen an Deutschland? Davon hatte Lloyd George nie etwas verlauten lassen! War ihm zu trauen? Und war den Russen zu trauen? Wenn die Westmächte ihnen deutsche Reparationen geradezu aufdrängten – konnten sie nein sagen? Hätte man doch ihr Vertragsangebot vorher angenommen! Nun war es vielleicht zu spät. Wenn man als einziges Konferenzergebnis nach Hause mitbrachte, daß man nun auch noch an Rußland Reparationen zahlen sollte – nicht auszudenken!

Am Karfreitag drangen Gerüchte zu den Deutschen,

die Westmächte und die Russen seien handelseinig geworden; am Ostersonnabend verdichteten sich diese Gerüchte. Rathenau suchte immer wieder Lloyd George zu erreichen, vergeblich; Lloyd George ließ sich nicht sprechen. Am Abend dieses Sonnabends, vor der Festtagspause, saßen die Deutschen gedrückt und zerquält in ihrer Hotelhalle beieinander, ganz allein unter sich, hin und her redend, spekulierend, trübe Möglichkeiten erwägend. Gegen Mitternacht brachen sie die fruchtlose Unterhaltung niedergeschlagen ab. «Was hilft es alles! Gehn wir schlafen.» Aber zwei Stunden später lagen sie alle noch wach.

Um diese Zeit wurde bei Herrn von Maltzan leise an die Tür geklopft: Ein Herr mit einem komischen Namen wünsche ihn am Telefon zu sprechen. Maltzan, in Schlafrock und Pantoffeln, stieg durch das nächtlich stille Treppenhaus zur Telefonzelle im Hotelfoyer hinunter. (Zimmertelefone waren 1922 selbst in guten Hotels noch ein seltener Luxus.) Am Telefon war Tschitscherin – der russische Außenminister. «Wir müssen uns morgen sofort zusammensetzen», sagte er. «Es ist von größter Wichtigkeit.»

Maltzan war der «Ostler» unter den deutschen Delegierten. Er *wollte* den Vertrag mit den Russen – hätte gern schon vor Genua mit ihnen abgeschlossen. Die Russen wußten das oder ahnten es wenigstens. Sie hatten ein gewisses Vertrauen zu Maltzan gefaßt. Um zwei Uhr morgens trommelte Maltzan, von Tür zu Tür gehend, die ganze deutsche Delegation aus den Betten. Alle waren noch wach. Rathenau, der hohläugig im Pyjama in seinem Raum auf und ab ging, empfing Maltzan mit den Worten: «Nun? Bringen Sie mir mein Todesurteil?» und Maltzan rief fröhlich: «Im Gegenteil!»

Und nun folgte die berühmte «Pyjamakonferenz» in Rathenaus Zimmer. Die ganze deutsche Delegation, der Reichskanzler, der Außenminister, die Beamten und Diplomaten – alle waren in ihren Pyjamas und Schlafröcken versammelt und berieten, übernächtigt auf Betten und Kissen hockend, die neue Situation. Die Russen drängten auf ein sofortiges Zweiertreffen – jetzt, am Ostersonntag, draußen in Rapallo, wo sie wohnten, abseits von den anderen Delegationen. Worum es sich handelte, darüber konnte kaum ein Zweifel sein: Die Russen wollten mit Lloyd George nicht abschließen, ohne vorher noch einmal einen Einigungsversuch mit den Deutschen gemacht zu haben. Was immer ihnen Lloyd George geboten haben mochte, sie schienen ihren alten Vertragsentwurf mit Deutschland vorzuziehen. Sie waren offensichtlich noch abschlußbereit.

Das war eine Erleichterung, aber es stellte die Deutschen vor furchtbar weittragende Entscheidungen, die auf der Stelle getroffen werden mußten – jetzt und hier, im Pyjama, am Ostersonntag morgens zwischen zwei und fünf. Sollte man mit den Russen abschließen? Jetzt, plötzlich, Hals über Kopf, am Ostersonntag? Es konnte die Konferenz sprengen. Es bedeutete das Ende der großen Pläne, über die sich Rathenau mit Lloyd George einig glaubte. Andererseits – würden die Russen nach einer zweiten Abfuhr noch weiter vertragsbereit bleiben? Und wenn sie statt dessen am Ostermon-

tag mit den Ententemächten abschlossen? Nach allem, was man wußte, stand die Wahl ihnen offen.
Rathenau sah die große Chance des Arrangements mit dem Westen schwinden, wenn er das russische Angebot annahm. «Jetzt, da ich die Lage kenne, werde ich zu Lloyd George gehen», sagte er.
Maltzan erwiderte: «Wenn Sie das tun, trete ich zurück.» Der Reichskanzler Wirth beendete die kurze Krise, indem er sich für Maltzan entschied. Eigentlich war er ein «Westler» wie Rathenau. Aber er hatte genug von der Nervenfolter der vorangegangenen Woche. Das russische Angebot war für ihn die Erlösung – der Spatz in der Hand; Wirth hatte genug davon, der Taube auf dem Dach nachzujagen. Um fünf Uhr morgens beschloß die deutsche Delegation, nach Rapallo zu fahren. Rathenau setzte durch, daß man die englische Delegation vorher wenigstens telefonisch unterrichten sollte. Das klappte nicht. Man rief zweimal bei den Engländern an. Das erste Mal schliefen sie noch, das zweite Mal waren sie ausgegangen.
In Rapallo ging dann alles wie geölt. Die Russen waren die Liebenswürdigkeit selbst. Offensichtlich waren sie schon im voraus entschlossen gewesen, unter allen Umständen zum Abschluß zu kommen. Sie machten nicht einmal Schwierigkeiten, als die Deutschen, von soviel Eifer mißtrauisch gemacht, noch eine Veränderung des Vertragsentwurfs zu ihren Gunsten verlangten. Um 5 Uhr nachmittags war der Vertrag von Rapallo unterzeichnet.
Dem Inhalt nach war es ein sachlicher Friedensvertrag – nicht mehr. Der Vertrag von Brest-Litowsk war be-

reits im November 1918 annulliert worden. Jetzt trat an seine Stelle ein wirklicher Friede. Beide Seiten erkannten einander in ihrem Gebietsbestand an, nahmen diplomatische und konsularische Beziehungen auf, verzichteten gegenseitig auf Reparationen, gewährten einander Meistbegünstigung und versprachen sich wirtschaftliche Zusammenarbeit und «gegenseitige Konsultationen, wenn diese Zusammenarbeit in einem weiteren internationalen Rahmen geregelt werden sollte». Das war alles. Militärische oder sonstige Geheimklauseln enthielt der Vertrag nicht. Die geheime militärische Zusammenarbeit zwischen Reichswehr und Roter Armee, die allerdings schon vorher leise in Gang gesetzt war, stand nicht im Vertrag von Rapallo. Die Diplomaten, die ihn ausfertigten, wußten zum größten Teil nicht einmal etwas von ihr.

Trotzdem war der Vertrag ein Jahrhundertereignis – ein Erdstoß, der die ganze internationale Landschaft veränderte. Deutschland und Rußland, beide zum erstenmal wieder zur europäischen Staatengesellschaft zugelassen, hatten die Gelegenheit benutzt, gegen diese Gesellschaft gemeinsame Sache zu machen – darauf kam es hinaus. Und zwar hinter dem Rücken der Konferenz – und gleichzeitig sozusagen unter ihren Augen! Die Aufregung war unbeschreiblich. Lloyd George bekam einen Tobsuchtsanfall, als er die Nachricht hörte; sein ganzer Plan lag in Scherben. Die französische Delegation packte ostentativ ihre Koffer. Einige Zeitungen sprachen von Krieg.

Das ging vorüber. Es gab Erklärungen, Versicherungen, Beschwichtigungen, langsame Beruhigung. Die

Konferenz flog nicht sofort auf, obwohl es einen Augenblick so ausgesehen hatte; sie schleppte sich noch einige Wochen hin. Aber sie hatte ihren Sinn verloren, und sie ging schließlich ergebnislos auseinander. Ihr einziges Ergebnis war Rapallo gewesen.

Der Vertrag von Rapallo, so plötzlich und überstürzt er zustande gekommen war, erwies sich als recht dauerhaft. Formell blieb er fast zwanzig Jahre in Kraft – bis zu Hitlers Überfall auf Rußland am 22. Juni 1941. Nach Hitlers Machtantritt 1933 wurde er freilich zum toten Buchstaben. Aber elf Jahre lang, von 1922 bis 1933, bestimmte er tatsächlich die Beziehungen zwischen dem Deutschen Reich und der Sowjetunion. In dieser Zeit waren das hochkapitalistische Weimarer Deutschland und das bolschewistische Rußland Freunde. Es war keine ungetrübte Freundschaft – sie hatte ihr Auf und Ab, ihre Schwierigkeiten, Komplikationen und Vorbehalte auf beiden Seiten. Sie erwies sich trotzdem als erstaunlich tragfähig und fruchtbar.

Der entscheidende Entschluß zu diesem Vertrag war ein russischer Entschluß. Die Deutschen unterzeichneten, weil sie keine Wahl zu haben glaubten. Die Russen *hatten* eine Wahl. Sie hätten, statt mit den Deutschen, auch mit dem Westen paktieren können. Sie zogen den Pakt mit den Deutschen vor. Warum?

Die klarste und wohl auch die aufrichtigste Antwort gibt die 1947 in Moskau erschienene offiziöse *‹Geschichte der Diplomatie›*. Dort heißt es: «Der Vertrag von Rapallo vereitelte den Versuch der Entente, eine kapitalistische Einheitsfront gegen Sowjetrußland zu schaffen. Die Pläne, Europa auf Kosten der besiegten

Länder und Sowjetrußlands wiederherzustellen, wurden zum Scheitern verurteilt.» Das leuchtet ein. Hätte Rußland auf den Köder deutscher Reparationen angebissen und sich den Westmächten angeschlossen, so hätte auch Deutschland sich dieser überwältigenden Kombination unterwerfen und einordnen müssen; und in dem so wiederhergestellten gesamteuropäischen Gefüge wäre das bolschewistische Rußland ein isolierter, bewegungsunfähiger Fremdkörper gewesen und wahrscheinlich früher oder später wieder in den Sog des übermächtigen Kapitalismus geraten. Solange Sowjetrußland, kriegs- und bürgerkriegsgeschwächt, von kapitalistischen Staaten umgeben blieb, war es darauf angewiesen, die nationalen Gegensätze zwischen ihnen auszunutzen. Und dazu mußte es die schwächere, besiegte und unbefriedigte Macht gegen die stärkeren, siegreichen und saturierten ausspielen – nicht umgekehrt. Diese Macht aber war Deutschland.

Trotzdem kann den Russen der Entschluß, die Partnerschaft mit Deutschland zu wählen, nicht leichtgefallen sein. Deutschland war das Land, das eben noch Rußland, in Brest-Litowsk und nach Brest-Litowsk, fast erdrosselt hatte. Es war auch das Land, das die Weltrevolution, auf der damals noch alle Zukunftshoffnungen der Bolschewisten ruhten, angehalten und niedergeschlagen hatte. Das Feuer, das Lenin und Trotzki mit ihrer «Initialzündung» in Petrograd hatten anfachen wollen: Auf den Straßen Berlins und Münchens war es ausgetreten worden. Und doch wählten die Bolschewisten jetzt diejenigen zum Freund, die es

ausgetreten hatten. Das entsprang nüchterner Staatsvernunft – gewiß nicht überquellender Sympathie; aber zugleich erforderte es eine Selbstüberwindung, kaum geringer als die, mit der Lenin 1917 die Unterstützung des kaiserlichen Deutschland und 1918 den Frieden von Brest-Litowsk angenommen hatte.
Denn wenn auch Rapallo die nüchternste Art von Vernunftehe und alles andere als ein Liebesbund war: Es begründete eine echte politische Ehe und sollte sie auch begründen.
Tschitscherin, der sowjetische Außenminister, der den Vertrag zustande gebracht hatte, nannte ihn ein «Sinnbild für die Notgemeinschaft der beiden internationalen Prügelknaben Deutschland und Rußland». Und Radek, der den ersten Gedankenkeim des Vertrages nach Rußland getragen hatte, erklärte: «Eine Politik, die darauf ausgeht, Deutschland zu ersticken, schließt tatsächlich unsere eigene Vernichtung ein. Welche Regierung Rußland auch immer haben mag: Es hat immer ein Interesse an der Existenz Deutschlands.»
Er sprach damit einen Gedanken aus, der für die Politik der Sowjetunion damals wirklich maßgebend war und noch jahrzehntelang maßgebend blieb. Es mußte viel geschehen, um ihn zu erschüttern.

6. Die Reichswehr und die Rote Armee

Der Vertrag von Rapallo enthielt, wie immer wieder wahrheitsgemäß betont wurde, keine militärischen Geheimklauseln. Und doch war sein wichtigstes praktisches Ergebnis eine geheime deutsch-russische militärische Zusammenarbeit von einer Intimität, wie sie nie zuvor zwischen zwei Staaten, selbst verbündeten Staaten, stattgefunden hat.

Diese Zusammenarbeit hatte schon vor Rapallo begonnen – versuchsweise und im kleinen; nach Rapallo aber wurde sie systematisch ausgebaut, in einem Umfang, der weltgeschichtliche Folgen haben sollte.

Nächst der Ermöglichung der bolschewistischen Revolution durch die deutsche Reichsleitung im Jahre 1917 ist dies wohl das größte Paradox der deutsch-russischen Geschichte in unserem Jahrhundert: Die deutsche Wehrmacht, die Sowjetrußland im Jahre 1941 fast den Garaus machte, ist in ihren entscheidenden Teilen in den Jahren 1922 bis 1933 in Sowjetrußland herangezüchtet worden – an Ort und Stelle sozusagen, unter dem Schleier tiefsten Geheimnisses und mit dem vollen Einverständnis und der Mithilfe der Sowjetregierung. Selbst wenn man von dem absieht, was sich erst später herausstellte und damals wohl keiner der Beteiligten wollte oder voraussah, nämlich daß die Sowjetunion sich eine Schlange am Busen nährte, bleibt diese deutsche Aufrüstungsoperation in Rußland eines der erstaunlichsten Kapitel moderner Geschichte.

Was heute Atomwaffen sind: Giftgas, Bomberflotten und Panzer, alle diese waren Deutschland im Versailler Vertrag verboten worden; und damit, noch mehr als mit der zahlenmäßigen Begrenzung der Reichswehr auf 100 000 Mann, glaubten die westlichen Siegermächte Deutschland jede Möglichkeit erneuerter militärischer Machtpolitik abgeschnitten zu haben. Das Reich stand bis 1927 unter strikter militärischer Kontrolle; auch später wäre es den alliierten Nachrichtendiensten noch ein leichtes gewesen, den geheimen Aufbau einer deutschen Luftwaffe und Panzerwaffe zu entdecken, wenn er in Deutschland selbst versucht worden wäre. Aber was in den Tiefen Rußlands vor sich ging, war unübersehbar. Dort reichten damals auch die alliierten Geheimdienste noch nicht hin. Und dort wurden die Grundlagen der deutschen modernen militärischen Angriffsmacht gelegt – der Angriffsmacht, die dann von 1938 an der Schrecken Europas und 1941 fast der Tod Sowjetrußlands wurde.
Man hat den Eindruck, daß die wenigen überlebenden Beteiligten, die nach dem Zweiten Weltkrieg davon berichtet haben, immer noch aus alter Gewohnheit bestrebt geblieben sind, die Dinge herunterzuspielen und zu verharmlosen. Vieles bleibt noch heute unaufgeklärt, und vieles muß man in ihren Darstellungen auch jetzt noch zwischen den Zeilen lesen. Immerhin berichtet einer von ihnen, der General Ernst Köstring, daß ihm «lange nach Hitlers Machtergreifung der Chef des Stabes von Göring erklärte, ohne diese damalige Entwicklungs- und Ausbildungsarbeit hätte die Luftwaffe nicht, wie geschehen, 1939 ihren hohen militäri-

schen Stand erreichen können. Dasselbe galt auch für die Panzer, wie mir Fachleute dieser Waffe erklärten, unter anderem General Guderian».

Und in der Tat: In sechs Jahren, zwischen 1933 und 1939, die stärkste Luftwaffe und die schlagkräftigste Panzerwaffe der damaligen Welt aus dem Nichts zu schaffen, wäre auch dem größten militärischen Organisationsgenie unmöglich gewesen. Das scheinbare militärische Wunder der deutschen Aufrüstung unter Hitler wurde nur möglich, weil vorher elf Jahre lang in geduldiger, unablässiger Arbeit die Grundlagen dafür geschaffen worden waren – in Rußland.

Das deutsche Luftwaffenzentrum, soviel weiß man heute, lag damals elf Jahre lang in Lipezk, Gouvernement Tambow, zwischen Moskau und Woronesch. Die Panzerstation befand sich in der Nähe von Kasan an der Wolga. Im Südosten Rußlands, im Gouvernement Orenburg, «hatten wir für Kampfstoffe ein sehr großes Gebiet, das vorher dazu von Dörfern geräumt worden war» (Köstring) – natürlich, denn die «Kampfstoffe» waren Giftgas.

Diese «Stationen» waren gleichzeitig Fabrikationsgelände und Ausbildungszentren. Ihre industrielle Seite liegt noch heute in tiefem Dunkel. Offenbar waren die Fabriken von deutschen Werken erstellt, aber das Personal muß russisch gewesen sein; hätte man deutsche Ingenieure und Arbeiter in der nötigen Menge nach Rußland geschickt, wäre das Geheimnis schwerlich zu wahren gewesen. Über die Panzerfabrikation in der Station Kasan zum Beispiel gibt es bei Köstring nur den knappen Satz: «Außer Krupp waren noch zwei andere Fabriken an der Herstellung von Modellen beteiligt»; welche, sagt er nicht.

Im Umkreis dieser Fabrikationszentren lagen die Flugfelder und Truppenübungsplätze. Die deutschen Offiziere und Unteroffiziere, die dorthin reisten, mußten bei ihrer Abkommandierung offiziell aus der Reichswehr ausscheiden: sie reisten nach Rußland in Zivil unter falschem Namen – aber mit echten Pässen –, einzeln oder in kleinen Gruppen und in sorgfältig individuell gehaltener Kleidung.

Die Flieger blieben auch während ihres Dienstes in Rußland in Zivil; die Panzerfahrer wurden an Ort und Stelle wieder eingekleidet – in russische Uniformen. Niemand, auch die nächsten Angehörigen nicht, durfte davon unterrichtet werden, wo sie waren und was sie taten. Todesanzeigen – besonders bei den Fliegern gab es natürlich nicht wenige Todesfälle – wurden gefälscht. Wer als Flieger bei Lipezk abgestürzt war, war für seine Eltern bei einem Übungsschießen in Ostpreußen verunglückt. Die Särge mit den Leichen wurden, wie der Fliegergeneral Helm Speidel (ein Bruder des späteren NATO-Oberbefehlshabers in Mitteleuropa) berichtet, in Kisten verpackt und zur Rückbeförderung nach Deutschland als Maschinenteile deklariert; sie gingen auf dem Seeweg über Leningrad nach Stettin.

Die Angaben über den zahlenmäßigen Umfang der Ausbildungstätigkeit widersprechen sich. Man darf annehmen, daß Jahr für Jahr einige Hundert Spezialisten ausgebildet wurden und daß die Ziffern langsam anstiegen, so daß die Reichswehr 1935 je einige Tausend Mann an ausgebildeten Offizierskadern für die Luftwaffe und die Panzerdivisionen besaß, die dann ihrerseits als Ausbilder dienen konnten.

Auch ist anzunehmen, daß mehrere, wenn nicht die meisten der später bekanntgewordenen Flieger- und Panzergeneräle unter diesen «russischen» Urkadern waren: Namenslisten gibt es nicht, auch heute noch nicht. Nur durch Zufall weiß man, daß unter diesen Offizierskadern mit «Rußlanderfahrung» auch der spätere Kriegsminister von Blomberg war.

Und doch wäre es besonders interessant zu wissen, welche deutschen Offiziere damals in Rußland ihre höhere Ausbildung erhielten; denn zwischen ihnen und ihren russischen Kameraden bildete sich eine ganz einzigartige Intimität heraus – die später, in den Jahren 1937 und 1938, für viele von ihnen verhängnisvoll werden sollte. Es gibt hier einen besonders dichten Geheimniskern innerhalb des allgemeinen Geheimnisses; nämlich den Grad der Verbrüderung und Vermischung, der damals zwischen den Spitzen der Reichswehr und der Roten Armee erreicht wurde.

Sicher ist, daß die Russen ihr Land und ihre Truppenübungsplätze den Deutschen nicht ohne Gegenleistung zur Verfügung stellten. Diese Gegenleistung bestand mindestens teilweise darin, daß russische Offiziere mit den deutschen gemeinsam übten, daß sie also eine deutsche Ausbildung mitbekamen.

Am offensten ist darüber wiederum der Fliegergeneral Speidel: «Es war immer wieder festzustellen, daß die sowjetischen Offiziere die deutschen Lehrgangsteilnehmer an Lerneifer fast übertrafen. Sie eigneten sich die deutschen Vorschriften trotz der sprachlichen Schwierigkeiten in einem Maße an, das sie schließlich den meisten ihrer deutschen ‹Mitschüler› überlegen machte.»

Paradox über Paradox: Nicht nur die Russen ließen die Deutschen im eigenen Lande die Waffen entwickeln und beherrschen lernen, mit denen sie später dieses Land fast erobert hätten; auch die Deutschen wurden bei dieser Gelegenheit die Lehrmeister ihrer späteren Besieger.

Der schon erwähnte General Köstring, eine Zentralfigur dieser deutsch-russischen militärischen Symbiose, schreibt zwar in seinen Erinnerungen 1953: «Die vielfache Behauptung, daß wir die russische Armee ausgebildet hätten, trifft in keiner Weise zu.» Aber im Sommer 1931 hatte derselbe Köstring an General von Seeckt geschrieben, daß sich die Wirkungen der militärischen Unterstützung durch Deutschland überall in der Roten Armee bemerkbar machten. «Unsere Ansichten und Methoden gehen wie ein roter Faden durch die ihrigen hindurch.» Und noch 1935 berichtete er nach einem besonders glänzend beurteilten sowjetischen Manöver: «Wir können mit diesem Lob zufrieden sein. Es sind doch die Leiter und Führer unsere Schüler.»

Das bezog sich offenbar nicht nur auf die örtliche Zusammenarbeit in Lipezk und Kasan. Auch die Generalstäbe der Reichswehr und der Roten Armee begannen spätestens in den letzten zwanziger Jahren gemeinsame Kriegsspiele und Stabsübungen zu veranstalten; und in den frühen dreißiger Jahren waren russische Marschälle ganz offen deutsche Manövergäste. Der Reichspräsident von Hindenburg ließ es sich nicht nehmen, sie bei solcher Gelegenheit persönlich zu begrüßen. Was er sich dabei dachte, darüber gibt es eine bezeichnende Stelle in den Erinnerungen des Generals Köstring. Als dieser 1931 zum deutschen Militärattaché an der Moskauer Botschaft ernannt wurde, verabschiedete ihn Hindenburg mit den Worten: «Halten Sie mir gute Beziehungen zur Roten Armee!» und fügte unvermittelt hinzu: «Den Polen möchte ich ja zu gern eins versetzen; aber die Zeit ist noch nicht gekommen.»

Das rührt an den unausgesprochenen politischen Hintergrund der deutsch-sowjetischen militärischen Intimität. Denn so sehr die deutsche Reichswehr in der Weimarer Zeit ein Staat im Staate war, der, abgeschirmt von Parlament und Regierung, seine eigene Politik treiben konnte: Ganz ohne Zusammenhang mit der allgemeinen Politik wäre eine Unternehmung solcher Tragweite wie die militärische Rußlandpolitik der Reichswehr natürlich doch nicht möglich gewesen. Hinter der deutsch-sowjetischen Waffenbrüderschaft stand eine politische Konzeption – eine Konzeption, die an alte preußisch-russische Traditionen anknüpfte und ihre Spitze gegen Polen richtete.

Das Europa von 1925 war ein befriedetes Europa geworden. An die Stelle der Friedensdiktate von Brest-Litowsk und Versailles waren im Osten und Westen echte Teilfriedensregelungen getreten: Rapallo und Locarno; Rapallo bedeutete, kurz zusammengefaßt,

daß Deutschland seinen Zerstückelungs- und Unterwerfungsplänen gegenüber Rußland entsagte und daß Rußland ihm diese Pläne verzieh; Locarno bedeutete, daß Frankreich auf die Rheingrenze und Deutschland auf Elsaß-Lothringen verzichtete. Auf dieser Basis schien im Osten wie im Westen Stabilität geschaffen, die Grundlage für Entspannung. Mit Rußland wie mit Frankreich konnte Deutschland jetzt in Frieden leben.
Aber bei näherem Hinsehen klaffte in dieser Friedensregelung eine Lücke: Polen war nicht darin eingeschlossen. Ein «Ost-Locarno» lehnte das Weimarer Deutschland immer entschieden ab. Mit seinen Westgrenzen hatte es sich abgefunden, mit seinen neuen Ostgrenzen nicht. Der «polnische Korridor», der Verlust Danzigs und des halben Oberschlesiens – das alles war weder verschmerzt noch akzeptiert. Der Frieden mit Polen blieb für Deutschland ein Zwangsfrieden, den es nur so lange hinnahm, wie es mußte.
Und das färbte auch Deutschlands Beziehungen zu Frankreich und Rußland, und zwar in entgegengesetztem Sinne: Denn Frankreich war Polens Verbündeter und Garant; Rußland aber hatte ebenso wie Deutschland an Polen Gebiete verloren, und zwar solche, die es als russisch – weißrussisch und ukrainisch – betrachtete. Das setzte jeder deutsch-französischen Annäherung und Aussöhnung Grenzen; während es Deutschland und Rußland, über den bloßen Friedensschluß von Rapallo hinaus, zu unausgesprochenen Verbündeten gegen Polen machte.
Der Kampf zwischen «Westlern» und «Ostlern» in Deutschland hatte in der friedlicheren, kühleren At-

mosphäre der späteren zwanziger Jahre zwar nicht mehr die fast hysterische Dramatik der unmittelbaren Nachkriegszeit; aber als stiller, zäher Stellungskrieg ging er immer noch weiter; und zwar mit genau den umgekehrten Akzenten wie später in den fünfziger Jahren. Westpolitik bedeutete nach dem Ersten Weltkrieg, was nach dem Zweiten Ostpolitik bedeutet hätte: nüchternes, geduldiges Sichabfinden – und dafür als Belohnung ein ruhiges Leben, Friede, Versöhnung mit den siegreichen Feinden von gestern.

Aber Ostpolitik, das Bündnis mit Rußland – da war Musik drin, wie 1955 in dem Bündnis mit Amerika: Es bedeutete Gefahr, Wagnis und Drama, aber auch die Aussicht, Verlorenes wiederzugewinnen, neue Stärke, Rückkehr zur Macht, befriedigte Trotzgefühle. Im Bunde mit Rußland, so hoffte man, war eines Tages wenigstens im Osten Versailles ungeschehen zu machen, konnte man wenigstens dort die Grenzen von 1914 wiederherstellen, wenn nicht gar sich durch eine neue Teilung Polens für die Verluste im Westen entschädigen. Verglichen mit den Träumen von Brest-Litowsk waren das bescheidene Ziele, gewiß. Immerhin: Es waren Ziele für den Ehrgeiz.

Im Westen gab es keine Ziele für den Ehrgeiz, dort war nichts zu holen als Bescheidung und Ruhestand: etwas, womit sich das bürgerlich-kapitalistische Deutschland des zwanzigsten Jahrhunderts noch nie zufriedengegeben hat. Das waren die inneren Gründe, die das Weimarer Deutschland zur «Schicksalsgemeinschaft» mit Rußland drängten – mit dem bolschewistischen Rußland. Daß Rußland bolschewistisch war, daran stieß man sich jetzt nicht mehr allzu sehr, seit die «bolschewistische Gefahr» in Deutschland selbst offensichtlich gebannt war.

Die Gründe, aus denen Rußland sich auf diese neue Intimität mit Deutschland einließ, waren andere, mehr defensive. Polen spielte dabei eine eher untergeordnete Rolle; gewiß, man hätte Polen gern gelegentlich hinter den Bug zurückgedrängt, war auch einer neuen Teilung nicht unbedingt abgeneigt; aber das hatte Zeit. Wenn Sowjetrußland Ehrgeiz hatte, war es nicht territorialer, sondern ideologischer Ehrgeiz; aber die Weltrevolution war ja fürs erste offensichtlich gescheitert, und nach Lenins Tod im Januar 1924 wandte sich Rußland entschieden inneren Problemen zu: 1925 proklamierte Stalin den «Aufbau des Sozialismus in einem Lande», 1928 wurde der erste Fünfjahresplan in Gang gesetzt.

Was das Rußland der zwanziger Jahre im Bündnis mit Deutschland suchte, war nicht Wagnis, Ausbruch und gemeinsames Abenteuer, sondern Absicherung, Stabilisierung, nüchterner gegenseitiger Vorteil. Man brauchte Kapital und technische Hilfe für die Industrialisierung, militärisch-fachlichen Rat beim Aufbau der Roten Armee, ein diplomatisches Gegengewicht gegen periodisch wiederauflebenden englischen und französischen Druck. Das alles konnte Deutschland bieten; und zu ehrlichen Gegenleistungen war man in Moskau bereit. Wenn die Deutschen diese wirkliche Interessengemeinschaft in ihrer romantischen Art als «Schicksalsgemeinschaft» zu stilisieren wünschten – warum nicht? Das tat nicht weh.

Die Männer, die auf dieser komplizierten Grundlage von wirklichen gemeinsamen Interessen und halbem, subtilem Mißverständnis immerhin eine zehnjährige Staatsfreundschaft aufbauten, waren auf deutscher Seite vor allem der Botschafter in Moskau, Ulrich Graf von Brockdorff-Rantzau, auf russischer der Außenminister Tschitscherin – beide Aristokraten und beide Exzentriker. Tschitscherin, Abkömmling der Rurikiden, der Gründer des ersten russischen Staatswesens, Ästhet, Sonderling, schwarzes Schaf seiner fürstlichen Familie und ‹Roter› aus idealistischer Überzeugung; Brockdorff-Rantzau so adelsstolz, daß er selbst auf die Familie Brockdorff herabsah und nur seinen zweiten, uradligen Namen benutzte; so hochmütig-souverän, daß er zwischen Bolschewisten und kapitalistischen Bürgern schon gar keinen Unterschied mehr sah.
Beide Männer waren im übrigen große politische Intelligenzen, und beide waren, wenn auch aus verschiedenen Gründen, völlig überzeugt von ihrer Sache: der Notwendigkeit deutsch-sowjetischer Freundschaft. Ihr Zusammenspiel – auch gegen Skeptiker und Feinde dieser Sache auf der eigenen Seite – machte diese Freundschaft auf zehn Jahre, über ihre eigene Amts- und Lebenszeit hinaus, zu einer haltbaren Realität.
Als Brockdorff-Rantzau 1928, mitten in der Arbeit, starb, machte die bolschewistische Regierung eine rührende Geste: Zum ersten Male, und gegen einen streng festgelegten Brauch, erlaubte sie ihren Diplomaten, an einer kirchlichen Feier teilzunehmen, dem protestantischen Begräbnis des deutschen Botschafters. Und die *Prawda* schrieb: «Der ehrgeizige, ari-

stokratisch-hochfahrende Graf erwies sich als der allerloyalste, allerwohlwollendste, allerzugänglichste und daher allerangesehenste bürgerliche Botschafter im Roten Moskau... Wenn Mitglieder des Außenkommissariats im Vestibül den ihnen wohlbekannten alten Grafen im dicken Pelz bemerkten, wie er ächzend versuchte, hohe Gummistiefel einer ganz eigenartigen Konstruktion über seine Füße zu ziehen, dann entbrannten sie merkwürdigerweise nicht in Klassenhaß, wie sich dies beim Anblick einer Person gräflicher Abstammung gehört hätte... Denn dieser Graf hatte begriffen, daß die Sowjetunion eine gewaltige Macht ist, mit der man in Freundschaft und Eintracht zu leben versuchen muß; diese Macht an Deutschlands Seite zu wissen, das war es, was er sich zum Ziel gesetzt hatte.» So herzliche Worte standen einmal über einen deutschen Botschafter in der *Prawda* . . .

Es ist eine merkwürdige, bedenkenswerte Tatsache, daß die Männer, die damals auf der deutschen Seite, über alle ideologischen Gegensätze hinweg, Deutschland und die Sowjetunion zu Freunden machten, fast alle Männer der ‹Rechten› waren – einer ganz bestimmten ‹Rechten›: der altpreußischen Aristokratie. Nicht nur Rantzau war das, auch Seeckt, der Vater der deutsch-russischen Militärgemeinschaft, auch Maltzan, der Vater des Rapallo-Vertrages. Nationalliberale wie Stresemann fanden es schon viel schwerer, sich über antibolschewistische Vorurteile hinwegzusetzen: Zwischen Stresemann, dem Außenminister in Berlin, und Rantzau, dem ‹Gegen-Außenminister› in Moskau, gab es denn auch ein ewiges Tauziehen.

Die eigentlichen «Westler» und Gegner der Rußlandpolitik aber waren in Deutschland die Sozialdemokraten und die nichtkommunistische Linke. Das einzige wirklich gezielte Störfeuer kam aus dieser Ecke: Ende 1926 zum Beispiel griffen die Sozialdemokraten im Reichstag einen englischen Enthüllungsartikel über die heimliche Rüstung in Rußland auf, und eine deutsche Regierung stürzte darüber; nachher freilich verlief die Sache im Sande. Und als fünf Jahre später Carl von Ossietzky, der spätere Märtyrer und deutsche Friedensnobelpreisträger, wegen Landesverrats ins Gefängnis geschickt wurde, geschah das wegen eines Artikels über dasselbe Thema, den er in der *Weltbühne* veröffentlicht hatte.

Wo aber blieben in alledem die deutschen Kommunisten? Sie waren während der ganzen Rapallo-Periode eine nicht ganz unbeachtliche, mittelstarke Partei, deren Vertretung im Reichstag langsam wuchs, von 45 bis auf schließlich 100 von etwa 600 Abgeordneten; sie redeten immer noch von der deutschen sozialistischen Revolution – freilich nun schon allmählich ein wenig wie die Vorkriegssozialdemokraten, die ja auch jahre- und jahrzehntelang von der kommenden Revolution geredet hatten, ohne noch wirklich daran zu arbeiten und dafür zu planen. Seit 1923 hatten auch die deutschen Kommunisten keine praktischen Revolutionspläne mehr. Aber sie hatten immer noch ihren eigenen Draht nach Moskau – freilich nicht zur russischen Regierung, sondern zur Kommunistischen Internationale. Der Einfluß der Kommunistischen Internationale selbst aber ging in Moskau in dieser Zeit ständig zurück. Lenin, in seiner Zeit, hatte sie noch selbst geleitet; Stalin überließ sie Sinowjew, den er verachtete und später liquidierte, und nannte sie verächtlich den «Kramladen». Unter Stalin trennten sich die Wege der russischen Staatspolitik und der internationalen Revolutionspolitik. Er war entschlossen, auf die Weltrevolution nicht mehr zu warten, sondern den Sozialismus in einem Lande aufzubauen. Die anderen kommunistischen Parteien, vorab die deutsche, wurden für ihn zu bloßen Hilfstruppen russischer Staatspolitik, ihre Aufgabe war nicht mehr, in ihrem Lande Revolution zu machen – das traute er ihnen ohnehin nicht zu –, sondern den jeweiligen russischen Interessen in ihrem Lande die jeweils möglichen Hilfsdienste zu leisten.

Eine deutsche kommunistische Revolution brauchte Stalin nicht mehr; was er von Deutschland brauchte, gab ihm sein Arrangement mit dem konservativen Deutschland genausogut. Sorge mußte er nur haben, daß dieses Arrangement zu Schaden kommen würde, wenn in Deutschland wieder einmal die «Westler» ans Ruder kämen, das heißt vor allem: die Sozialdemokraten.

1928 drohte das zu geschehen: Die Sozialdemokraten gewannen die Reichstagswahlen und traten zum erstenmal seit acht Jahren wieder an die Spitze einer Reichsregierung; und daher erhielten die deutschen Kommunisten 1928 aus Moskau die Weisung, von nun an ihr ganzes Feuer auf die Sozialdemokraten zu konzentrieren. Die «Sozialfaschisten», wie sie jetzt genannt wurden, wurden plötzlich der Hauptfeind der deutschen Kommunisten und blieben es fünf Jahre lang; selbst der Kampf gegen die aufkommende Hitlerbewegung blieb in den fünf Jahren von 1928 bis 1933 dem Kampf gegen die Sozialdemokraten untergeordnet.

Das Rußland Stalins kam mit dem rechtsbürgerlich-kapitalistischen Deutschland seit Rapallo ausgezeichnet aus; in der großen Depression von 1930/31 wurde die wirtschaftliche Zusammenarbeit fast so gut wie die militärische: Die deutsche Schwerindustrie brauchte jetzt den russischen Markt wie das liebe Leben; angesichts des zusammenbrechenden Welthandels und des schrumpfenden Binnenmarkts hielt sie sich fast nur noch dank ständig steigenden russischen Aufträgen über Wasser; und umgekehrt konnte das russische Industrialisierungsprogramm des ersten Fünfjahresplans die deutschen Lieferungen gut gebrauchen. Interessengemeinschaft mit dem kapitalistischen Deutschland auf wirtschaftlichem wie auf militärischem Gebiet! In den Augen Stalins würde daran auch eine Machtergreifung Hitlers, wenn sie kam, nichts ändern; die Nazis waren für ihn eine Kapitalistenpartei wie alle anderen; sie würden bald erkennen, auf welcher Seite ihr Brot gebuttert war. Die einzigen Störenfriede waren die Sozialdemokraten mit ihrer ewigen Russophobie und ihrem ewigen Westdrall. Sie waren in Deutschland die Gefahr für die russischen Interessen; der Feind Rußlands; sie mußten daher auch der Feind der deutschen Kommunisten sein. Basta! Dabei blieb es bis 1933.

Man hat den Schaden, den dieser kommunistisch-sozialdemokratische Bruderkampf in Deutschland anrichtete, oft überschätzt; noch heute kann man mitunter lesen, er sei eine Hauptursache für den innerpolitischen Sieg Hitlers gewesen. Aber wie eine Einheitsfront der beiden Arbeiterparteien die Machtergreifung Hitlers hätte verhindern können, ist schwer zu sehen. Eine parlamentarische Mehrheit hatten die Kommunisten und Sozialdemokraten, auch addiert, in Deutschland nie; und die bürgerlich-sozialdemokratischen Koalitionen, die sich im Reich bis 1930, in Preußen bis 1932, an der Regierung hielten, wären wohl schon früher geplatzt, wenn die Sozialdemokraten mit den Kommunisten gemeinsame Sache gemacht hätten. Die Sozialdemokraten und Kommunisten wurden getrennt geschlagen; wie die Dinge damals in Deutschland liefen, wären sie auch vereint geschlagen worden.

Die Machtergreifung Hitlers war natürlich eine Tragödie für beide Parteien – eine noch schlimmere Tragödie für die Kommunisten, die vom ersten Augenblick an die volle Härte und Grausamkeit Hitlerischer Verfolgung traf. Wie tief das russische Interesse an den deutschen Kommunisten bereits gesunken war, kann man daran sehen, daß die Regierung in Moskau sich durch Hitlers Kommunistenverfolgung in Deutschland zunächst durchaus nicht stören ließ. Botschaftsrat Hilger, der zwanzig Jahre in Moskau das Auf und Ab der deutsch-russischen Beziehungen aus nächster Nähe miterlebt hat, berichtet: «Während der ersten fünf bis sechs Monate nach Hitlers Machtübernahme (war) deutlich zu erkennen, daß der Sowjetpresse größte Zurückhaltung zur Pflicht gemacht war. Während Hitler den ... KPD-Apparat vernichtete, hielten es die Machthaber im Kreml aus außenpolitischen Gründen für geboten, Deutschland gegenüber immer wieder ihren guten Willen zu beteuern. Persönlichkeiten wie Krestinsky, Litwinow und Molotow versäumten keine Gelegenheit, uns zu versichern, daß die Regierung nicht den Wunsch habe, ihre Außenpolitik zu ändern.» Litwinow – obwohl von Anfang an weniger deutschfreundlich als sein Vorgänger Tschitscherin – soll damals sogar bei einer Gelegenheit kalt gesagt haben: «Was geht es uns an, wenn ihr eure Kommunisten erschießt!»

Es dauerte fast ein Jahr, bis die Russen begriffen hatten, daß sie in Hitler keinen gewöhnlichen Politiker der deutschen Rechten vor sich hatten und daß es mit der deutsch-sowjetischen Freundschaft vorbei war. Wahrscheinlich machten sie sich erst nach Hitlers Machtantritt die Mühe, *‹Mein Kampf›* zu lesen. Den Vorwurf einer Fehleinschätzung Hitlers kann man ihnen nicht ersparen – wenn es auch schwerlich in ihrer Macht gestanden hätte, bei richtigerer Einschätzung Hitlers seine Machtergreifung zu verhindern.

Die deutsch-russische Freundschaft der Rapallo-Periode brauchte Zeit zum Sterben. Sie zerbröckelte langsam im Laufe des Jahres 1933, einzelne Trümmer hielten sich sogar noch ein Jahr länger, und der Zustand totaler, eisiger Feindschaft, der für die Hitlerperiode charakteristisch wurde, war erst 1935 erreicht. Aber der tragende Mittelpfeiler dieser Freundschaft, die militärische Zusammenarbeit, brach als erstes zusammen – ganz plötzlich und aus scheinbar noch heiterem Himmel.

Hilger berichtet, wie es geschah: «In der ersten Hälfte Mai (1933) kam unter Führung des Generals von Bokkelberg eine Gruppe höherer deutscher Offiziere nach Moskau, um mit dem Generalstab der Roten Armee Besprechungen zu führen. Dieser Besuch wickelte sich im alten Geist völliger Übereinstimmung und guten Willens ab. Auf einem vom deutschen Botschafter aus Anlaß der Anwesenheit der deutschen Gäste gegebenen Essen herrschte bei Deutschen und Russen eine ausgezeichnete Stimmung. Alle Mitglieder des Kriegsrats der UdSSR waren zugegen, und Woroschilow gab seine Absicht, die Verbindung zwischen den beiden Armeen weiter aufrechtzuerhalten, nachdrücklich zu erkennen. Begleitet von den guten Wünschen seiner sowjetischen Freunde fuhr Bockelberg wieder ab, aber noch bevor er und seine Begleiter Berlin erreicht hatten, verlangte die Rote Armee plötzlich, die Reichswehr solle alle ihre Unternehmungen in Rußland auflösen. Kurz darauf lehnten es die Russen rundweg ab, weiter an irgendwelchen Kursen der deutschen Kriegsakademie teilzunehmen.

Das Außenkommissariat behauptete später, es habe zuverlässige Nachrichten erhalten, daß Vizekanzler von Papen dem französischen Botschafter in Berlin, François-Poncet, alle Einzelheiten der deutsch-russischen militärischen Zusammenarbeit mitgeteilt habe. Als Außenminister von Neurath Papen hierüber zur Rede stellte, bestritt dieser alles, und soviel ich weiß, war die Behauptung des Außenkommissariats wirklich falsch. Aber die Bereitschaft, mit der in Moskau an sie geglaubt wurde, und die Geschwindigkeit, mit der sich der Kreml zu einer so entscheidenden Aktion entschloß, zeigten deutlich, wie gespannt die Beziehungen bereits waren. Mit dem Ende der militärischen Zusammenarbeit kam ein wichtiges Kapitel der deutsch-russischen Beziehungen zum Abschluß.»

Dieses Kapitel sollte dreieinhalb Jahre später ein tragisches Nachspiel haben. Bei einem Abschiedsgespräch, Ende Oktober 1933, sagte der russische Oberstkommandierende, Marschall Tuchatschewski, zu seinem deutschen Gesprächspartner: «Vergessen Sie nicht, daß es Ihre Politik ist, die uns trennt, nicht aber unsere Gefühle – die Gefühle der Freundschaft der Roten Armee für die Reichswehr. Und denken Sie immer daran: Sie und wir, Deutschland und die Sowjetunion, können den Weltfrieden diktieren, wenn wir zusammengehen.»

Es ist möglich, daß es diese Worte waren, die den Marschall dreieinhalb Jahre später das Leben kosteten. Was er noch hinzufügte, war weniger explosiv, erwies sich aber weitere vier Jahre später als prophetisch: «Sollte es aber je zu einem Zusammenstoß unserer Länder kommen, dann werden sich die Deutschen davon überzeugen müssen, daß die Rote Armee inzwischen viel dazugelernt hat.»

Auf diesen Zusammenstoß allerdings trieb nun alles hin. Denn Hitler, auf seine Art ein pervertierter Schüler der Bolschewisten, fühlte sich berufen, seine Herrschaft über Rußland an die Stelle der ihren zu setzen.

7. Hitler und Stalin

Von 1933 an wird die Geschichte Deutschlands und Rußlands für zwölf Jahre die Geschichte des Duells zweier Männer, Hitlers und Stalins. Beide waren Männer von ungewöhnlicher Willenskraft, großer politischer Begabung, Kühnheit und Phantasie, gigantischem Eigensinn und skrupelloser Grausamkeit; und beide waren in ihrem Lande allmächtig geworden. Nur was sie dachten und wollten, zählte jetzt – zwölf Jahre lang.

Das war ein neuer und ungewöhnlicher Zustand. Vorher war deutsche Rußlandpolitik und russische Deutschlandpolitik immer das Ergebnis widerstreitender Erwägungen und widerstreitender Kräfte gewesen; selbst Lenin hatte seine Schwierigkeiten gehabt, sich in seiner Partei durchzusetzen – man braucht nur an Brest-Litowsk zu denken. Jetzt gab es in Deutschland nur noch den Willen Hitlers und in Rußland nur noch den Willen Stalins. Wenn man die furchtbare Periode, die jetzt für Deutschland und Rußland anbrach, verstehen will, muß man Hitler und Stalin verstehen – nichts weiter.

In gewissem Sinn vereinfacht das die Sache; in einem andern erschwert es sie. Es ist einfacher, sich in einen einzelnen Menschen hineinzuversetzen als in das Gewirr von Meinungen und Interessen, aus dem sich normalerweise schließlich eine Politik herausschält. Andererseits: Was Hitler und Stalin wirklich dachten

und wirklich wollten, steht in keinen Akten. Was sie öffentlich sagten, diente oft der Täuschung.
Man muß sich an ihre Taten halten; und von ihren Worten nur die für bare Münze nehmen, die zu den Taten passen. Wenn man das aber tut, ergibt sich merkwürdigerweise ein ganz einfaches, *schrecklich* einfaches Bild. Beide hatten einen Grundgedanken, dem sie durch alle Irrungen und Wirrungen treu blieben. Wenn man diesen Grundgedanken einmal erfaßt hat, hat man den Schlüssel zu allem.
Man sieht dann sofort, warum es zwischen Hitlers Deutschland und Stalins Rußland zu einem Zusammenstoß von beispielloser Furchtbarkeit kommen mußte; und man erkennt mühelos, warum Rußland diesen Zusammenstoß überstand und Deutschland nicht: weil nämlich Stalins Grundgedanke, bei aller Maßlosigkeit und Grausamkeit seiner Methoden, vernünftig und Hitlers Grundgedanke phantastisch war. Stalins Grundgedanke hieß: «Sozialismus in einem Lande», Hitlers: «Lebensraum im Osten». Hitler wollte keinen Krieg mit dem Westen; die dichtbesiedelten Länder Westeuropas interessierten ihn nicht. Er wollte Rußland erobern, um dort Lebensraum für die Züchtung einer germanischen Herrenrasse zu gewinnen: Das war, vom ersten bis zum letzten Augenblick, sein Lebensziel, seine fixe Idee. Warum machte er dann doch im August 1939 einen Pakt mit Stalin?
Um das zu verstehen, muß man sich klarmachen, daß Hitler ja 1933 und auch noch 1939 nicht in der Lage war, Rußland direkt anzugreifen. Ehe er das tun konnte, mußte er drei vorbereitende Operationen

durchführen, alle drei äußerst schwierig und alle drei dazu angetan, ihn gegen seinen Willen in einen Konflikt mit dem Westen – das hieß damals noch: mit England und Frankreich – zu verwickeln. Es beweist Hitlers stupende politische Begabung, daß er die ersten beiden glatt und reibungslos durchführte. Erst bei der dritten kam er ins Straucheln – und sah sich genötigt, für einen Augenblick bei Rußland, seinem vorbestimmten Opfer, Halt und Hilfe zu suchen.

Die erste Aufgabe war, Deutschland hochzurüsten und kriegsbereit zu machen; dazu mußte er «die Fesseln von Versailles abschütteln». Diese Aufgabe war 1938 ohne größere Krise gelöst – zu Hitlers eigener Verwunderung. Er hatte nie damit gerechnet, daß Frankreich Deutschlands Hochrüstung tatenlos hinnehmen würde, und hatte einen französischen Präventivkrieg immer als wahrscheinlich einkalkuliert. Daß er ausblieb, erfüllte ihn fortan mit einer Art von duldsamer Verachtung für Frankreich.

Die zweite Aufgabe war, möglichst alle Deutschen oder Deutschstämmigen «heim ins Reich» zu führen und gleichzeitig die Reichsgrenzen nach Süden und Osten auszuweiten, um die deutsche Stoßkraft zu vermehren. Schließlich waren die Deutschen nur 70 Millionen, selbst mit den Österreichern und Sudetendeutschen nur 80 Millionen, die Russen aber 170 Millionen. Man mußte das Äußerste zusammenkratzen, damit die Stoßkraft reichte.

Auch diese Aufgabe wurde im Laufe des Jahres 1938 in der Hauptsache gelöst, nicht ohne Krise, aber ohne Krieg. Der kulminierende Triumph war dabei das

Münchener Abkommen vom 29. September 1938, mit dem Frankreich und England die mit Frankreich verbündete Tschechoslowakei zugunsten Deutschlands verstümmelten.

Die dritte Aufgabe war, mit dem bewaffneten und vergrößerten Reich nun direkt an Rußland heranzurükken, also den Ländergürtel, der Deutschland von Rußland trennte, irgendwie zu überwinden. Zwischen Deutschland und Rußland lagen 1939 die baltischen Staaten, Polen, die Tschechoslowakei (nach München immer noch ihr Rumpf), Ungarn und Rumänien. Damit Deutschland mit Rußland eine gemeinsame Militärgrenze bekam, an der es aufmarschieren und über die es eines Tages plangemäß in Rußland einfallen konnte, mußten diese Länder irgendwie aufhören, eine Barriere zu bilden: entweder indem sie von Deutschland besetzt wurden (damit wurde im März 1939 in der Rest-Tschechoslowakei ein Anfang gemacht), oder indem sie veranlaßt wurden, mit Deutschland gemeinsame Sache zu machen (das gelang später mit Ungarn und Rumänien), oder, schlimmstenfalls, indem sie zunächst einmal Rußland zugespielt wurden (das geschah im Hitler-Stalin-Pakt mit dem Baltikum und Ostpolen). Das entscheidende Ziel dieser Operation war, mit Rußland auf Tuchfühlung zu kommen; die politische Aufgabe war, dieses Ziel zu erreichen, ohne sich dabei in einen unerwünschten Krieg mit dem Westen zu verwickeln. Ein kleiner Krieg gegen das eine oder andere dieser Länder «Zwischeneuropas» war dagegen für Hitler durchaus annehmbar. Wenn er sich vermeiden ließ, gut; wenn nicht, war er ihm als

Vorübung für den großen Krieg gegen Rußland sogar ganz willkommen.

Das größte und wichtigste Land in dieser Länderbarriere zwischen Deutschland und Rußland war Polen. Polen aus der Barriere herauszubrechen, das war die Aufgabe, die sich als nächste stellte und die Hitler nun in Angriff nahm. Er versuchte das zunächst im Guten, und es besteht kaum ein Zweifel, daß er dabei ganz aufrichtig war und auch ganz aufrichtig hoffte, ohne größere Schwierigkeiten damit zurechtzukommen. Das Polen von 1939 war ein faschistischer oder halbfaschistischer Staat; es war antisemitisch; es war antirussisch. Das waren drei solide Gemeinsamkeiten, auf die sich bauen ließ. Polen hatte zwar ein altes Bündnis mit Frankreich, aber was ein französisches Bündnis damals noch wert war, hatte Polen ja gerade am Beispiel der Tschechoslowakei selber studieren können.

Deutschland hatte mit Polen seit 1934 einen zehnjährigen Nichtangriffspakt, und die Beziehungen waren gut. Von der tschechischen Krise hatte Polen mitprofitiert – bei dem Münchener Schlachtfest war das Gebiet von Teschen für Polen abgefallen, ein fetter Bissen. Im Spätherbst und Winter 1938/39 schlug Hitler den Polen neue und größere Geschäfte derselben Art vor: Aus dem zehnjährigen Nichtangriffspakt sollte ein fünfundzwanzigjähriges Bündnis werden – gegen Rußland. Dabei würden, wie Hitlers Außenminister Ribbentrop deutlich durchblicken ließ, noch fettere Bissen für Polen abfallen. Auch bei der «Lösung der Judenfrage» würde Deutschland einem verbündeten Polen behilflich sein. Und der Preis? Er war lächerlich bescheiden, ein großzügiger Preis, ein Preis unter Brüdern: Polen brauchte keineswegs zu den Vorkriegsgrenzen zurück, es könnte Posen und Oberschlesien behalten, sogar den «Korridor», nur eine kleine Anerkennungsgebühr sollte es allerdings zahlen: Danzig und eine exterritoriale Auto- und Eisenbahn durch den Korridor. So wie Hitler nun einmal war, sah er darin keine unannehmbare Zumutung, kaum eine Forderung, sondern eher ein großzügiges Angebot, und es gibt auch keinen Grund, daran zu zweifeln, daß er es ganz ehrlich meinte. Wenn Polen gewollt hätte, hätte es in Hitlers kommendem Krieg gegen Rußland eine ähnliche Rolle spielen können, wie sie später Ungarn und Rumänien spielten.

Aber Polen wollte nicht. Ob aus Edelmut oder aus Mißtrauen, ob aus Ehrgefühl oder aus Größenwahn oder aus einer Mischung von dem allen – es wollte nicht, es stellte sich taub, es ließ nicht mit sich reden.

Hitler konnte das zuerst kaum glauben. Er wiederholte sein Angebot – oder Ansinnen – noch mehrere Male, erlaubte Ribbentrop sogar in bezug auf künftige polnische Landgewinne in der Ukraine deutlicher zu werden. Aber als er einsehen mußte, daß mit den Polen nichts zu machen war, schaltete er «blitzschnell» um. Wenn das polnische Hindernis im Guten nicht zu beseitigen war, dann eben im Bösen – und zwar dann auch gleich im Allerbösesten. Wenn die Polen nicht als Küchenjungen bei der Zerlegung des russischen Bären mitmachen wollten – gut, dann sollte die polnische Gans eben selbst als erster Gang dienen. Um so besser vielleicht. Polen würde dann nicht nur eine Vorübung für die Wehrmacht bieten, sondern auch ein Experimentierfeld für die SS: In Polen würde man im kleinen lernen, was man später in Rußland im großen vorhatte – das Unterpflügen fremder Völker und die Umwandlung ihres Landes in deutschen Lebensraum, die neuartigen «Künste» des Umsiedelns, Ausbeutens, Versklavens und Ausrottens.

Im Frühjahr 1939 war Hitler zum Krieg gegen Polen entschlossen – und zwar nicht zu einem «europäischen Normalkrieg» für begrenzte Ziele wie Danzig und den Korridor – damit hätte er sich nur im Frieden begnügt –, sondern nun zu der Art von biologischem Totalkrieg, den er ursprünglich nur gegen Rußland, gegen dieses allerdings immer, geplant hatte.

Aber nun trat eine Komplikation ein. Die Besetzung der Rest-Tschechoslowakei hatte den Westen aufgestört – nicht so sehr Frankreich, das im tiefsten Herzen schon resigniert hatte, aber England. England zeigte plötzlich eine nicht mehr erwartete Anwandlung von Energie und Entschlossenheit. Es erklärte seinen Willen, «Hitler zu stoppen». Es gab Polen eine Garantie und zerrte dabei Frankreich mit. Es begann ernsthaft zu rüsten. Es begann sogar mit Rußland über ein Militärbündnis zu verhandeln.

Das zwang Hitler zu pausieren. Auf seinen Krieg gegen Polen verzichten – das kam nun nicht mehr in Frage, das wollte er auf keinen Fall; wie sollte er sonst je an Rußland herankommen? Aber er sah jetzt, daß er an die politische Vorbereitung des polnischen Krieges mehr Mühe wenden mußte. Damit aus dem Polenkrieg kein Westkrieg oder gar ein Weltkrieg wurde, mußte er jetzt Polen nach allen althergebrachten Regeln der Kunst isolieren. Und das konnte nur mit Hilfe Rußlands geschehen.

Für die Isolierung, Teilung, Abschaffung Polens gab es ja ein altes, klassisches Rezept, das stillschweigend schon dem Rapallopakt zugrunde gelegen hatte: Deutschland und Rußland mußten sich gegen Polen zusammentun, dann war Polen verloren. Wenn Hitler dieses Rezept anwenden wollte, mußte er allerdings vieles, was er bisher verkündet hatte, für eine Weile verleugnen und seine bisherige außenpolitische Propaganda vorübergehend auf den Kopf stellen. Aber warum eigentlich nicht? Sein Prestige in Deutschland war jetzt so, daß er sich alles leisten konnte; bei den einzigen Kritikern und potentiellen Gegnern, die er in Deutschland noch ernst nehmen mußte, den altpreußischen Konservativen und Wehrmachtsgenerälen, würde dieser Schachzug sogar äußerst populär sein (tatsächlich gab es vor dem Polenfeldzug in Deutschland nicht die geringste militärische Opposition, wie noch ein Jahr zuvor vor der Tschechenkrise).

Seine alte Grundidee, den großen Rußlandfeldzug, war Hitler natürlich keinen Augenblick bereit aufzugeben. Aber darauf konnte man ja jederzeit zurückkommen, wenn erst einmal das polnische Hindernis aus dem Wege geräumt war. Im Augenblick war dies die entscheidende Aufgabe, auf die alles konzentriert werden mußte. Und wenn man zu diesem Zweck Rußland am Polenkrieg beteiligte und Polen mit Rußland teilte, waren drei Fliegen mit einer Klappe zu schlagen: Polen zu liquidieren; den Westen vom Kriege abzuschrecken – denn gegen eine deutsch-russische Kombination würde er nicht anzutreten wagen; und Rußland vom Westen vorbeugend zu trennen: Der Westen würde ihm seine Verschwörung mit Deutschland nie verzeihen und um so sicherer neutral bleiben, wenn Deutschland später zum «antibolschewistischen Kreuzzug» aufbrach.

Man weiß, daß diese Rechnung nicht aufgegangen ist. Aber eine einleuchtende Rechnung war es, und von Hitlers Standpunkt erklärt sie den Pakt mit Stalin in der Situation von 1939 vollkommen.

Wie aber erklärt sich von Stalins Standpunkt der Pakt mit Hitler?

Stalin fand sich im Sommer 1939 ganz unverhofft in einer beneidenswerten Lage: Er konnte plötzlich wieder zwischen dem Westen und Deutschland wählen, ja er wurde von beiden umworben, vom Westen ganz offen, wenn auch mit Vorbehalten, von Deutschland zunächst noch vorsichtig und mißtrauisch, in verhüllten Andeutungen. Noch im Herbst 1938 schien mit dem Münchener Abkommen der alte Alptraum der Sowjetunion, die kapitalistische Einheitsfront, furchtbare Wirklichkeit geworden zu sein. Jetzt, mit der englischen Garantie für Polen, war diese Front zerbrochen, und es lag nur an Stalin, zu verhindern, daß sie je wieder zustande kam. Er brauchte nur zu wählen, nur sich mit der einen Seite gegen die andere zu verbinden. Ein paar Monate lang hielt Stalin, vorsichtig sondierend, beide Wege offen. Bei nüchterner Überlegung aber – und Stalin war ein Mann der nüchternen Überlegung – konnte er gar nicht anders als zu der Überzeu-

gung kommen, daß alles dafür sprach, lieber Deutschland zu wählen.
Daß Deutschland Polen angreifen würde, war der eine feste Faktor, mit dem man rechnen mußte; ein deutsch-polnischer Krieg stand offensichtlich vor der Tür, ein Krieg, den niemand verhindern konnte und den Deutschland natürlich gewinnen würde. Daß Deutschland sich durch ein westlich-russisches Bündnis von seiner Polenunternehmung abschrecken lassen würde, glaubte Stalin nicht, und wahrscheinlich hatte er recht damit. Denn außer Deutschland wollten ja alle im Grunde nicht kämpfen – Frankreich sowieso nicht, England nicht, weil es noch ganz ungerüstet war, und Rußland auch nicht, weil es sich einem Krieg mit Deutschland immer noch nicht gewachsen fühlte: Mindestens der dritte Fünfjahresplan mußte erst noch fertig werden. Sollte Hitler das nicht merken? Er würde sich nicht bluffen lassen, er würde Polen angreifen, Polen überrollen, durch Polen auf Rußland zurollen. Das war die Ausgangslage, mit der Stalin rechnen mußte.
Wenn er das Westbündnis wählte, würde Rußland dann also kämpfen müssen – unfertig, unvorbereitet kämpfen, auf seinem eigenen Boden (denn Polen weigerte sich resolut, die Russen, auch als Verbündete, nach Polen hereinzulassen) und praktisch allein: Denn nichts sprach dafür, daß die Franzosen sich aus ihrer Maginotlinie herauswagen würden, und was England betraf – es hatte ja keine Armee! «Wieviel Divisionen können Sie bei Kriegsausbruch auf dem Kontinent einsetzen?» fragte Stalin den englischen Vertreter bei

den Bündnisverhandlungen und erhielt die Antwort: «Zwei sofort und zwei etwas später.» – «So!» wiederholte Stalin ironisch. «Zwei sofort und zwei etwas später! Wissen Sie, wieviel Divisionen die Deutschen haben?»

Das also boten die Westmächte Stalin an: einen einsamen, kaum schon durchzustehenden Krieg im eigenen Lande – mit ihrer moralischen Unterstützung und ihren besten Wünschen und weiter nichts. Was boten dagegen die Deutschen?

Erst einmal, und als allerwichtigstes: Verschonung vom Krieg – zumindest fürs erste. Rußland würde nicht zu kämpfen brauchen, jedenfalls nicht gleich.

Und dann, als Entgelt für die bloße Neutralität, Landgewinn, und zwar im Überfluß. Die Deutschen waren bereit, «Zwischeneuropa» mit Rußland zu teilen, und Rußland konnte den Löwenanteil haben – Hitler war mit seinen Angeboten so großzügig, wie es jeder ist, der glaubt, daß er sich doch alles bald zurückholen wird: Die Russen konnten alles, alles haben, woran sie nur denken konnten, Finnland, Estland, Lettland, Ostpolen, Bessarabien, überhaupt freie Hand auf dem Balkan – alles für bloße Neutralität. Nur Polen, Kernpolen, die deutsche Militärgrenze mit Rußland, die allerdings wollte Deutschland unbedingt haben. Aber daß es sich die nehmen konnte, daran war sowieso nicht zu zweifeln. Und immerhin, ein Glacis, ein dikkes Landpolster – das war auch nicht zu verachten, wenn Hitler später, womit man immer rechnen mußte, auf seine ursprünglichen Absichten gegenüber Rußland zurückkommen sollte.

Und dazu kam noch ein drittes. Würde Hitler so bald in der Lage sein, auf diese Absichten zurückzukommen? Krieg *führen* konnte und wollte der Westen zwar offensichtlich jetzt nicht, aber Krieg *erklären* – das mußte er ja wohl schandenhalber, wenn Deutschland das gerade erst frisch vom Westen garantierte Polen angriff; und damit würde Hitler jedenfalls für eine Weile nach Westen abgelenkt sein. Vielleicht würde der Krieg im Westen sogar lang werden; Frankreich konnte in der Selbstverteidigung möglicherweise doch noch einiges leisten – niemand wußte vor dem Sommer 1940, wie vollständig Frankreich moralisch abgerüstet hatte. England wurde langsam stärker. Es würde nicht ewig bei zwei oder vier englischen Divisionen auf dem Kontinent bleiben. Wenn sich der Westkrieg lange unentschieden hinzog, konnte Rußland möglicherweise eines Tages sogar zum Zünglein an der Waage werden.

Aber der entscheidende Grund von diesen dreien war doch einfach der, daß Rußland mit der deutschen Option ein paar Friedensjahre gewann, die es immer noch bitter nötig hatte, während die Westoption fast sicher den sofortigen Krieg bedeutete. Hitlers Entschluß zur Liquidierung Polens hatte sozusagen den Krieg wie einen Ball ins europäische Feld geworfen, und nun waren Ost und West dabei, sich diesen Ball gegenseitig zuzuspielen. «Stopp du Hitler!» – «Nein, stopp du ihn!» Daraus bestand im Grunde der ganze diplomatische Dialog zwischen Rußland und dem Westen im Sommer 1939.

Mit dem Hitler-Stalin-Pakt tötete Stalin den Ball endgültig im westlichen Feld. Er glaubte, den Krieg jetzt dem Westen aufgehalst zu haben – so wie der Westen ihn Rußland hatte aufhalsen wollen. Hitler wiederum glaubte, den Westkrieg überhaupt vermieden zu haben.

Bekanntlich täuschten sich beide. England und Frankreich erklärten Deutschland den Krieg (zur Enttäuschung Hitlers), aber die Feindseligkeiten auf dem europäischen Kontinent waren nach dreiviertel Jahren schon wieder vorbei (zur Enttäuschung Stalins). Frankreich kämpfte nicht – nicht offensiv, während die deutsche Armee damit beschäftigt war, Polen zu überrollen, und ernsthaft nicht einmal defensiv, als sie neun Monate später Frankreich überrollte. Und England war noch nicht kampfbereit.

Im Sommer 1940 hatte Hitler die Hände wieder frei – obwohl England sich, zu Hitlers erneuter Enttäuschung, standhaft weigerte, seine kontinentalen Eroberungen anzuerkennen und Frieden zu machen. Aber eine ernste Gefahr war England, mindestens in den nächsten ein, zwei Jahren, für Hitler trotzdem nicht, nicht einmal eine ernste Störung, und so konnte er bereits im Sommer 1940 auf seinen alten Hauptgedanken zurückkommen, das eigentliche Ziel seines Lebens und Strebens, von dem ihn polnischer Eigensinn und englisches Unverständnis ein Jahr zuvor vorübergehend abgelenkt hatten: den großen Rußlandfeldzug.

Schon am 2. Juni 1940 redete er im Stabsquartier der Heeresgruppe A wieder davon, daß er bald «endlich die Hände frei» haben werde für seine «große und eigentliche Aufgabe: die Auseinandersetzung mit dem Bolschewismus»; ähnlich am 30. Juni zu Generalstabschef Halder: Es werde voraussichtlich nur noch einer «Demonstration» bedürfen, ehe England «uns den Rücken frei läßt für den Osten». Am 21. Juli bereits beauftragte er den Generalstab, «das russische Problem in Angriff zu nehmen». Und am 31. Juli hielt er die erste große Besprechung über den kommenden Rußlandkrieg mit den Oberbefehlshabern der Wehrmachtsteile ab. Als Hauptziel bezeichnete Hitler in dieser Konferenz «die Vernichtung der Lebenskraft Rußlands», als Datum des Feldzugsbeginns wurde der 15. Mai 1941 in Aussicht genommen (für einen Herbstfeldzug war es zu spät geworden, ein Winterfeldzug verbot sich).

Wenn man Hitlers Tätigkeit in der zweiten Jahreshälfte 1940 im Detail verfolgt, muß man sich manchmal mit Gewalt klarmachen, daß er ja damals noch nicht mit Rußland, sondern mit England Krieg führte. Der konzentrierte Eifer, ja die Besessenheit, mit der er in dieser Zeit an seinen Rußlandplänen arbeitete, sticht aufs sonderbarste ab von der Lässigkeit, Fahrigkeit und Halbherzigkeit, mit der er die verschiedensten Projekte für den Englandkrieg aufgriff und wieder fallenließ.

In diesem halben Jahr und noch bis ins Frühjahr 1941 hinein gab es zwischen Berlin und Moskau allerlei diplomatische Reibereien, Gereiztheiten und Kleinärger. Besonders auf dem Balkan, auf den Hitlers Armeen durch Mussolinis verunglücktes Griechenlandabenteuer gezogen wurden, kamen sich die Deutschen und Russen im Winter und Frühjahr 1941 mehrfach diplomatisch ins Gehege.

Die geschichtliche Forschung hat diese Querelen unter die Lupe genommen und sich damit manchmal selbst ins Bockshorn gejagt. Es gibt dicke Bücher, die den Eindruck erwecken, der deutsch-russische Krieg wäre vermieden worden, wenn Stalin 1940 nur Bessarabien und nicht auch die Nordbukowina besetzt hätte, oder wenn Molotow bei seinem Besuch in Berlin im November etwas weniger auf Finnland, Bulgarien und den türkischen Meerengen herumgeritten wäre. Das heißt, den Wald vor Bäumen nicht sehen. Hitlers Entschluß zum Vernichtungskrieg gegen Rußland hatte mit all diesen Streitereien überhaupt nichts zu tun; keine von ihnen stellte auch nur von fern einen Kriegsgrund dar, und übrigens waren sie alle spätestens im April 1941 zugunsten Deutschlands beigelegt, und Rußland hatte sich damit abgefunden.

Wenn es immerhin viereinhalb Monate dauerte, bis Hitlers Kriegsentschluß endgültig feststand – von der ersten Planung am 31. Juli bis zum 18. Dezember 1940, dem Datum der «Weisung Barbarossa» –, dann hatte das ganz andere Gründe. Was Hitler zögern ließ, war einzig und allein der leidige Krieg mit England, den er ja immer noch am Halse hatte.

Hitler war ein ordnungsliebender Mann. Immer wieder in seinen Schriften kommt er darauf zu sprechen, daß das Geheimnis des Erfolges die Konzentration ist (womit er übrigens recht hatte), daß man alle Kräfte an die jeweilige Aufgabe oder Teilaufgabe wenden und nie versuchen solle, zwei Dinge auf einmal zu tun. An diese richtige Maxime hatte er sich in seiner politischen Praxis bisher auch immer streng gehalten und war gut damit gefahren. Und nun sollte er in der wichtigsten Sache von allen, im entscheidenden Augenblick seines Lebens, von ihr abweichen und seine «große und eigentliche Aufgabe» anpacken, während eine andere unerledigt zurückblieb?

Das machte ihm Kopfschmerzen, das ließ ihn immerhin monatelang schwanken und momentweise rückfällig werden; es mag ihn wirklich gequält haben, und es machte den Entschluß, zu dem es ihn doch mit allen Fasern drängte und den er im Innersten längst gefaßt hatte, vielleicht wirklich zum «schwersten seines Lebens». Mehrfach ließ er sich von Raeder oder Ribbentrop fast noch überreden, doch noch erst einen Gewaltstreich zu versuchen, um den englischen Krieg zu beenden, ehe er den russischen begann. Aber alle diese Rückfälle waren kurzlebig und von Hitler selbst wohl nicht ganz ernst gemeint.

Das gilt auch für die seltsame Episode des zweiten Paktangebots an Stalin, durch das Rußland, mit Indien als Köder, erst noch als Verbündeter in den englischen Krieg hineingezogen werden sollte. Dieses Angebot wurde tatsächlich gemacht – im November 1940 –, aber als Stalin, allerdings unter allerlei Bedingungen und Kautelen, darauf einzugehen schien, ließ Hitler seine Note unbeantwortet – er war selbst schon wieder davon abgekommen.

Als sich Hitler schließlich dazu durchrang, seinem innersten Willen Genüge zu tun, rationalisierte er seinen Entschluß gleich dreifach:

Erstens behauptete er, mit Rußland in Wirklichkeit England treffen zu wollen – wenn England seinen letzten möglichen Alliierten verliere, werde es aufgeben. Das war oberflächliche Selbsttäuschung: England hatte nie auf Rußland als Verbündeten gesetzt, es setzte auf Amerika, und Hitler wußte es im Grunde.

Zweitens überredete er sich zu dem Glauben, der russische Krieg werde in ein paar Wochen, höchstens ein paar Monaten vorbei sein; ein kräftiger Stoß, und das Riesengebäude der Sowjetunion werde einstürzen. Das war leichtfertige Autosuggestion; reale Gründe für eine solche Annahme gab es nicht, wenn sie auch damals weit verbreitet war.

Drittens begründete Hitler seinen Entschluß mit der amerikanischen Gefahr. Früher oder später werde Amerika an der Seite Englands in den Krieg eintreten; dann sei es zu spät, die russische Bedrohung im Rükken auszuschalten. Man müsse «mit Rußland abrechnen», solange Amerika noch nicht kriegsbereit sei. Es sei jetzt oder nie.

Dieser dritte ist von allen Gründen, die Hitler für seinen Angriff auf Rußland ins Feld führen konnte, der einzig ernstzunehmende. Aber welchen Anlaß hatte Hitler eigentlich zu glauben, Rußland werde ihm im Augenblick des amerikanischen Kriegseintritts oder einer amerikanischen Landung in Europa in den Rükken fallen? Es war ja nicht Rußland, das aus Deutschland einen russischen Lebensraum machen wollte. Rußland hatte auch gar keinen Grund zu wünschen, daß Westeuropa und Deutschland von anglo-amerikanischen Armeen besetzt und beherrscht würden.

Wenn so etwas je drohen sollte, hätte Deutschland von Rußland nach aller historischen Erfahrung eher Rükkendeckung als einen Dolchstoß in den Rücken erwarten können. Denn Rußlands Hauptinteresse war bisher immer gewesen und war immer noch, die Vereinigung aller kapitalistischen Länder zu verhindern, und wenn die Westmächte Deutschland besiegt und besetzt hätten, wäre diese Einheit dagewesen. Solange Deutschland es zu der gegenteiligen Politik nicht geradezu zwang, hatte Rußland bisher die Verbindung mit Deutschland gegen den Westen immer der umgekehrten Verbindung vorgezogen. Es gab nicht den geringsten Anhaltspunkt dafür, daß Stalin darin anderen Sinnes geworden war. Hitlers Krieg gegen Rußland, das muß festgehalten werden, war nicht einmal im entferntesten, weithergeholtesten Sinne ein Präventivkrieg. Es war ein spontaner Angriffskrieg.

Es kommt selten viel dabei heraus, in der Geschichte der Frage «Was wäre gewesen, wenn ...» nachzugehen, aber manchmal ist die Frage unwiderstehlich: besonders bei so absolut freien Entschlüssen wie Hitlers Angriff auf Rußland, zu dem ihn nichts und niemand zwang als sein eigener Vorsatz. Wie wäre der Krieg ohne diesen Entschluß weitergegangen?

England allein hätte natürlich niemals den Kontinent zurückerobern können, und auch England und Amerika zusammen schwerlich: Den 86 Divisionen, die sie 1944/45 zusammen in Europa aufbringen konnten, hätte Deutschland ohne Ostfront mehr als das Doppelte entgegenstellen können. Allerdings waren, wie wir jetzt wissen, 1945 die ersten Atombomben fällig;

aber nur in Amerika? Bis Mitte 1942 lag Deutschland mit den Westmächten im Atomrennen gleichauf; ohne die Belastung mit dem Ostkrieg hätte es vielleicht auch die Atombomben im Gleichschritt mit dem Westen fertigstellen können; und ein atomares Patt zwischen Deutschland und dem Westen hätte eine erfolgreiche Invasion Europas erst recht unmöglich gemacht. Am Ende wäre ein Vergleichsfrieden, vielleicht mit russischer Vermittlung, die Stalin einem russischen Kriegseintritt höchstwahrscheinlich bei weitem vorgezogen hätte, wohl unvermeidlich geworden. Ob man es bedauern oder sich darüber freuen soll, daß es so ganz anders kam, ist eine andere Frage. Die Vorstellung, daß Deutschland, daß vielleicht sogar ganz Kontinentaleuropa bis zur russischen Grenze ohne Hitlers Angriff auf Rußland heute ein SS-Staat wäre, ist grauenerregend. Die Vorstellung andererseits, daß Deutschland *noch* und Europa vielleicht *schon* geeint wäre, hat einiges für sich.

Wie immer man das Für und Wider abwägt: Das, was wir heute haben, danken wir dem ‹Führer› – das Ende der nationalsozialistischen Herrschaft ebenso wie die deutsche und europäische Teilung. Für beides sorgte er – er ganz allein –, als er am 22. Juni 1941 um drei Uhr morgens, von niemandem genötigt, mit 153 Divisionen in Rußland einfiel. «Wenn Krösus über den Halys geht, wird er ein großes Reich zerstören», sagte das Delphische Orakel und meinte sein eigenes. Als Hitler am 22. Juni 1941 über den Bug ging, übrigens bei Brest-Litowsk, begann er, ein großes Reich zu zerstören: aber nicht das russische, sondern das deutsche.

Sebastian Haffner, geboren 1907 in Berlin, emigrierte 1938 nach England und kehrte 1954 nach Deutschland zurück. Der promovierte Jurist arbeitete zunächst für den *Observer,* später für die *Welt* und den *Stern.* Seit 1964 verfaßte er eine Reihe geschichtlicher und zeitgeschichtlicher Bücher, die weite Beachtung fand. Nach seinem Tod im Jahr 1999 erschien das autobiographische Werk «Geschichte eines Deutschen. Die Erinnerungen 1914–1933», das zu einem der größten Bucherfolge des Autors wurde.

Inhalt

Umschlagmotiv:
Porträtfoto Sebastian Haffner
© Teutopress / SV-Bilderdienst

Diese Buchausgabe wurde im
Bogenoffset gedruckt und in Fadenheftung gebunden.
Alle verwendeten Materialien entsprechen alterungs-
beständiger Qualität, die Papiere sind
chlor- und säurefrei.

Die Deutsche Bibliothek – CIP-Einheitsaufnahme

Haffner, Sebastian:
Der Teufelspakt : Die deutsch-russischen Beziehungen
vom Ersten zum Zweiten Weltkrieg / Sebastian Haffner
Zürich : Manesse Verlag, 2002
ISBN 3-7175-4028-9